Sexualidade
A DIFÍCIL ARTE **DO ENCONTRO**

Lidia Rosenberg Aratangy

Sexualidade
A DIFÍCIL ARTE DO ENCONTRO

EDIÇÃO REVISTA E ATUALIZADA PELA AUTORA

Ilustrações Catarina Bessel

editora ática

Para David e Porota, que me fizeram sentir antes de entender.

Para Cláudia, Sílvia, Ucha e Sérgio, que me levaram a entender.

Para Paulo, além e acima de tudo.

Sexualidade – a difícil arte do encontro
© Lidia Rosenberg Aratangy, 1996

Gerente editorial	Fabricio Waltrick
Editora	Lavínia Fávero
Editora assistente	Gislene de Oliveira
Coordenadora de revisão	Ivany Picasso Batista
Revisora	Cátia de Almeida

ARTE

Projeto gráfico	Estúdio Insólito
Coordenadora de arte	Soraia Scarpa
Assistente de arte	Thatiana Kalaes
Diagramação	Estúdio Insólito
Tratamento de imagem	Cesar Wolf, Fernanda Crevin

CIP-BRASIL. CATALOGAÇÃO NA FONTE
SINDICATO NACIONAL DOS EDITORES DE LIVROS, RJ

A686s
8.ed.

Aratangy, Lidia Rosenberg, 1940-
   Sexualidade : a difícil arte do encontro / texto Lidia R. Aratangy ; [ilustração de Catarina Bessel]. - 8.ed. - São Paulo: Ática, 2012.
   104p.

   ISBN 978-85-08-16046-4

   1. Educação sexual. 2. Sexo. I. Título.

12-3671.   CDD: 306.7
                  CDU: 392.6

ISBN 978 85 08 16046-4 (aluno)
ISBN 978 85 08 16047-1 (professor)
Código da obra CL 737914

2012
8ª edição
1ª impressão
Impressão e acabamento: EGB - Editora Gráfica Bernardi Ltda.

Todos os direitos reservados pela Editora Ática
Av. Otaviano Alves de Lima, 4400 — CEP 02909-900 — São Paulo, SP
Atendimento ao cliente: 4003-3061 — atendimento@atica.com.br
www.atica.com.br — www.atica.com.br/educacional

IMPORTANTE: Ao comprar um livro, você remunera e reconhece o trabalho do autor e o de muitos outros profissionais envolvidos na produção editorial e na comercialização das obras: editores, revisores, diagramadores, ilustradores, gráficos, divulgadores, distribuidores, livreiros, entre outros. Ajude-nos a combater a cópia ilegal! Ela gera desemprego, prejudica a difusão da cultura e encarece os livros que você compra.

Sumário

Será que o poeta era adolescente?		8
1.	Como foi pra você?	11
2.	Você se conhece de verdade?	15
3.	Anos dourados?	21
4.	As diferenças de gênero: biologia e destino	37
5.	Prazer solitário	47
6.	A internet e o sexo	53
7.	Hora de se cuidar	57
8.	O perigo mora ao lado	73
9.	Dificuldades da comunicação amorosa: o idioma da família	85
10.	As armadilhas do amor	95
Saideira		102

Será que o POETA era ADOLESCENTE?

Poema em linha reta
Álvaro de Campos

Nunca conheci quem tivesse levado porrada.
Todos os meus conhecidos têm sido campeões em tudo.

E eu, tantas vezes reles, tantas vezes porco, tantas vezes vil,
Eu tantas vezes irrespondivelmente parasita,
Indesculpavelmente sujo,
Eu, que tantas vezes não tenho tido paciência para tomar banho,
Eu, que tantas vezes tenho sido ridículo, absurdo,
Que tenho enrolado os pés publicamente nos tapetes das etiquetas,
Que tenho sido grotesco, mesquinho, submisso e arrogante,
Que tenho sofrido enxovalhos e calado,
Que quando não tenho calado, tenho sido mais ridículo ainda;
Eu, que tenho sido cômico às criadas de hotel,
Eu, que tenho sentido o piscar de olhos dos moços de fretes,
Eu, que tenho feito vergonhas financeiras, pedido emprestado sem pagar,
Eu, que, quando a hora do soco surgiu, me tenho agachado
Para fora da possibilidade do soco;
Eu, que tenho sofrido a angústia das pequenas coisas ridículas,
Eu verifico que não tenho par nisto tudo neste mundo.

Toda a gente que eu conheço e que fala comigo

Nunca teve um ato ridículo, nunca sofreu enxovalho,
Nunca foi senão príncipe — todos eles príncipes — na vida...

Quem me dera ouvir de alguém a voz humana
Que confessasse não um pecado, mas uma infâmia;
Que contasse, não uma violência, mas uma cobardia!
Não, são todos o Ideal, se os oiço e me falam.
Quem há neste largo mundo que me confesse que uma vez foi vil?
Ó príncipes, meus irmãos,

Arre, estou farto de semideuses!
Onde é que há gente no mundo?

Então sou só eu que é vil e errôneo nesta terra?

Poderão as mulheres não os terem amado,
Podem ter sido traídos – mas ridículos nunca!
E eu, que tenho sido ridículo sem ter sido traído,
Como posso eu falar com os meus superiores sem titubear?
Eu, que tenho sido vil, literalmente vil,
Vil no sentido mesquinho e infame da vileza.

1. Como foi pra VOCÊ?

Este é um capítulo para ser lido em casa, e não em grupo, nem na sala de aula. Para alguns assuntos, a presença de mais de dois participantes já faz que a conversa se transforme em comício.

Vou sugerir algumas questões a respeito de experiências e lembranças relacionadas com a sexualidade. Procure identificar como essas indagações ressoam em você. Não importa se você acha que está perto ou longe dessas situações, não importa se elas estão no seu passado, no presente ou no futuro. Tente, apenas, se transportar para as situações imaginadas — e se deixe levar pelos caminhos que sua fantasia sugerir.

1. Você se lembra da primeira piada suja que não entendeu?
2. Como você reagiu: pediu explicações ou riu muito, fingindo ter entendido?
3. Você se lembra do que aprendeu com seus amigos sobre sexo?
4. Você se lembra de ter recebido informações que pareceram estranhas ou confusas?
5. Você falou de sua estranheza e confusão?
6. Você se lembra de alguma pergunta que gostaria de ter feito e que não fez?
7. A primeira pessoa por quem você se encantou era mais velha ou mais nova do que você?
8. Que nome você daria a esse sentimento: Amor? Paixão? Enlevo? Ternura?
9. Você chegou a se assustar ou se surpreender com a força desse sentimento?
10. Seu primeiro "encontro marcado" foi com alguém importante para você?
11. Houve algum tipo de contato sexual nesse encontro?
12. Quando ocorreu sua primeira menstruação (ou polução noturna), você já esperava por isso?
13. Como você reagiu?
14. Você se masturbava nessa época?
15. Você se preocupa com seu corpo?
16. Que partes do seu corpo mais lhe desagradam?
17. Que partes você acha bonitas ou atraentes?
18. Você costuma frequentar sites de pornografia?
19. Que tipo de sensação essas imagens lhe provocam?

Você esperava que essas questões fossem uma espécie de teste, desses que aparecem nas revistas? Está imaginando que agora, pelas suas respostas, vou explicar que tipo de pessoa você é, que signo combina com o seu e fazer profecias sobre seu futuro?

Sinto desapontá-lo, mas não é nada disso. A intenção do questionário é até parecida com a desses testes: ajudá-lo a conhecer um pouco mais sobre você mesmo. Mas por um caminho diferente: não há uma contagem de pontos, não existem respostas certas nem erradas. Porque ninguém sabe mais sobre você do que você mesmo.

Meu objetivo com esse questionário é trazer essas lembranças para mais perto, colocá-lo em contato com as emoções que impregnam essas recordações.

Para que o nosso encontro não se dê a frio.

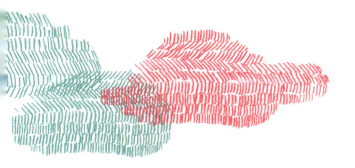

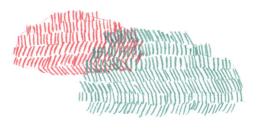

Como foi pra você? • 13

2. Você se CONHECE de verdade?

Uma criança não faz diferença entre sua percepção e a percepção do outro, entre o que ela sente e o que os outros sentem: para se esconder, ela tapa os olhos, acreditando que, se ela não enxerga a outra pessoa, essa também não a vê. É na adolescência que se descobre que, além da realidade externa, existe um mundo interno, composto de um conjunto de emoções, lembranças, ansiedades, que condiciona nossos sentimentos e nossa visão do mundo.

Logo a gente percebe que esse conjunto é ímpar: cada pessoa possui um acervo único de emoções e experiências, diferente do que habita o melhor amigo, o irmão ou a mãe. E não é possível traduzi-lo em palavras, existe uma barreira na comunicação com o outro, por mais próximo e querido que seja. Essa descoberta tem como consequência uma curiosa e inédita compreensão de que a gente conhece mal as pessoas que nos cercam, e que elas também não nos conhecem de verdade. "Ninguém me entende!" é, mais do que um brado de revolta, um lamento pelo sentimento de solidão que essa constatação provoca.

Outra diferença importante entre a criança e o adolescente é o domínio do pensamento abstrato. Essa conquista é o que permite compreender e assumir um código de ética. Uma criança obedece a regras para não ser punida ou por ter medo de perder o afeto dos pais. Ou seja, ela se comporta bem em função da sua relação com as pessoas próximas, que ela ama e das quais depende. Mas, com a descoberta do mundo interno e a capacidade de pensar abstratamente, o adolescente torna-se capaz de sentir solidariedade por pessoas que ele não conhece e até habitam longínquas paragens do globo onde ele nunca esteve.

Obediência a leis ou normas é um comportamento que tem a ver com a infância. Fazer escolhas éticas é uma conquista — e uma obrigação! — dos jovens e adultos.

Ora, o universo da sexualidade é, por excelência, o universo da ética, porque acontece no encontro com o outro e deve ser pautado pelo respeito pelo outro e por si mesmo.

Às vezes, as duas características da adolescência (o sentimento de solidão e o código de ética) entram em choque. Isso acontece quando, para acompanhar o grupo e não se sentir só, o jovem é levado a esconder seus sentimentos e acaba tomando atitudes com as quais não concorda. Como zoar com o colega mais fraco (com o qual está secretamente identificado) ou ficar com várias garotas numa festa (quando queria mesmo conhecer melhor a nova colega que acabou de entrar no colégio).

Por que é importante se conhecer "de verdade"?

Só quem tem clareza de seus desejos e limites é capaz de respeitar os próprios sentimentos e enfrentar o grupo. Mas não é fácil se conhecer "de verdade". Somos habitados por tantos e tão diversos personagens que não é possível conhecê-los todos. Para complicar ainda mais esse quadro, esses personagens são mutantes, transformam-se a cada nova experiência. Quantas vezes nos surpreendemos com sentimentos novos, provocados por um filme ou pela leitura de um livro... Alguns desses sentimentos, mal conseguimos reconhecer como nossos.

Durante a adolescência, essa situação é mais crítica, pois tudo reforça a ambiguidade e a confusão. Da mesma forma que a voz, sua postura diante de um evento pode passar, em questão de minutos, de ridiculamente infantil a espantosamente amadurecida. Em algumas situações os pais esperam que o jovem se comporte como um adulto, mas não hesitam em tratá-lo como criança na frente dos estranhos que ele mais gostaria de impressionar com suas opiniões amadurecidas.

Como se não bastasse, há um contínuo turbilhão de emoções remexendo dentro dele. Há muitas perdas a serem vividas: do corpo infantil, dos pais idealizados, de um mundo pequeno e familiar cujas fronteiras não se estendiam além de onde o olhar alcançava.

Durante a infância, vivemos numa casa que não fomos nós que conquistamos, dentro de uma família cujas normas e leis parecem tão universais e imutáveis como as leis da natureza. É preciso um dia questionar essas regras para perceber que, embora reflitam valores universais, a maioria das normas que os expressam está sujeita a variações tão numerosas quantas são as pessoas e as famílias.

A casa dos pais é o resultado de uma conquista deles — mas é uma aventura que o jovem não viveu e, assim, ele nada sabe da batalha travada contra os obstáculos que aquela relação amorosa enfrentou nem das lágrimas vertidas para que o casal pudesse construir esse universo, criado em nome de um sonho do qual ele faz parte, mas do qual não é o autor nem é protagonista.

Os contos de fadas narram, simbolicamente, essa passagem da adolescência para a vida adulta. O herói de muitos desses contos carrega a bagagem necessária para empreender essa viagem: um ideal de independência, coragem, generosidade. Ele tem o desejo de sair pelo mundo, de romper com o aconchego da família e do grupo, onde a personalidade pode se moldar com proteção e conforto, mas onde ele corre o risco de se deixar sufocar.

O herói precisa ver o que existe do outro lado das montanhas. E precisa conhecer o medo, pois este faz parte das emoções que compõem o repertório humano, assim como a ausência e a saudade — sentimentos indispensáveis ao amadurecimento.

Amor e liberdade podem coexistir?

Durante a infância, a criança aprende a amar e a ser amada dentro de um contexto de total dependência. Sem o amparo de figuras adultas, um bebê humano não teria chance de sobreviver. O desafio da adolescência está em desvincular essas duas condições: o afeto e a dependência. Para isso, o adolescente confronta continuamente os pais, como se os testasse: Posso ser amado mesmo na discordância? Se eu for diferente deles, ainda assim serei aceito?

Na linguagem simbólica dos contos de fadas, esse confronto é representado pela coragem do herói em colocar uma trouxinha às costas e enfrentar bruxas e dragões em terras estranhas. Na vida real, correr o mundo pode ter o significado de uma viagem para dentro de si mesmo, para assumir os próprios valores, mesmo que isso às vezes signifique revalidar os valores dos pais. Não é preciso pendurar concretamente uma mochila nos ombros e viajar de carona até Porto Seguro ou Jericoacoara. Embora a busca pela própria verdade até possa assumir essa forma.

Mas amar não significa dedicação exclusiva?

Se esse falso dilema entre liberdade e amor não for resolvido na adolescência, é provável que o indivíduo tenha, quando adulto, uma vida amorosa complicada. Ele pode confundir amor com dependência para o resto da vida e terá dificuldades para estabelecer um vínculo amoroso saudável, em que uma entrega verdadeira não seja impedimento para a individualidade.

O resultado dessa confusão pode ser um daqueles casais grudados, simbióticos, que têm a síndrome do "juntismo". Parece que, separados, não têm vida própria e sofrem uma eterna ansiedade de que a relação possa terminar. Os parceiros abrem mão dos próprios interesses para se dedicar apenas aos interesses comuns a ambos (ou, pior: para absorver os interesses do outro, abandonando os próprios), afastam-se dos grupos de amigos, isolam-se da família. Vivem apenas um para o outro. Para esses casais, o amor faz parte do mundo das necessidades e não dos desejos: os parceiros estão unidos porque precisam um do outro, não mais porque querem estar juntos. Com o afastamento da família e do grupo de amigos, a dependência se reforça: sem o parceiro, a vida parece ficar vazia e sem sentido.

No outro extremo da mesma encrenca mal resolvida, estão as pessoas que se tornam eternamente solitárias, por medo de entrar numa relação amorosa que, para elas, seria sinônimo de perda da independência. Acreditam que, para manter o vínculo amoroso, seriam obrigadas a fazer renúncias importantes. Por isso, tornam-se amargas e pouco afetivas, eternamente defendendo-se das emoções, próprias ou alheias.

3. Anos DOURADOS?

Quem inventou a expressão "anos dourados" para se referir à adolescência ou nunca foi adolescente ou padece de amnésia lacunar — que é o nome técnico da perda de memória para eventos isolados, geralmente os que antecederam um trauma ou um período de confusão mental. Talvez não haja melhor maneira de descrever a adolescência do que "confusão mental": confusão de sentimentos, de referências, de comportamentos. Num momento, a vida parece pesar como um capote de chumbo sobre os ombros de um adolescente; dois minutos (ou um telefonema) depois, parece lhe conceder um par de asas nos pés, tão leve e dançarino ele pode se sentir. "Anos enevoados" talvez fosse um bom apelido para esse período.

Até os pavores noturnos que atormentaram a infância estão de volta, embora com outras roupagens. As crianças são assombradas por ideias tristes, ligadas a fantasias de abandono e de morte dos pais, e constroem pesadelos em que se veem perdidas em paisagens desconhecidas, ameaçadas por monstros. Os fantasmas que perturbam a adolescência são igualmente assustadores, mas assumem formas bem mais sofisticadas e se relacionam, quase todos, com o universo da sexualidade. No fundo, todos eles refletem um único medo: o de não ser normal.

Algumas das assombrações que atormentam os rapazes são: medo de ser impotente, de deixar transparecer a própria inexperiência, de ser homossexual, de não ter competência para levar uma parceira ao orgasmo. As garotas, por sua vez, são perseguidas por fantasias com a perda de virgindade (dor, sangramento excessivo), pelo fantasma da frigidez, pelo medo de demonstrar a própria experiência (ou inexperiência). Tanto neles quanto nelas, esses medos são representados por preocupações com as estruturas anatômicas do aparelho genital, embora essas tenham pouco a ver com a mágica do ato sexual: dimensões de pênis e vagina, elasticidade de hímen e sensibilidade do clitóris são ganchos convenientes para as ansiedades, mas a encrenca não mora aí. O buraco da angústia é mais em cima.

Angústias DELES

Qual o comprimento de um pênis normal?

Começa cedo a ansiedade com que um menino acompanha o crescimento do próprio pênis, com medo de que este não atinja dimensões apropriadas. Muitos ingredientes colaboram para manter e alimentar essa preocupação. É raro que um menino tenha a oportunidade de se observar nu, de corpo inteiro, diante de um espelho grande: dificilmente um quarto de menino tem um espelho assim. E o simples fato de observar o próprio pênis olhando de cima para baixo faz com que este pareça menor do que é na realidade, inclusive porque fica ligeiramente encoberto pela prega de gordura abdominal.

É comum que, numa comparação velada entre dois garotos que estão se despindo lado a lado, ambos se acreditem perdedores, por uma questão de ângulo visual. Assim, deveriam ser anulados muitos concursos de banheiro, cujo resultado perturbou a autoimagem de tantos homens.

O que poucos meninos sabem é que, embora exista uma grande variação no tamanho dos pênis em condições de relaxamento, a variação diminui quando se consideram pênis eretos. Isto é, os pênis que em repouso são menores têm uma elasticidade maior e aumentam mais de volume.

Vale lembrar que a região sensível da vagina é pequena: aproximadamente um terço de sua extensão (de 2 a 5 cm). O restante, mais interno, não tem nenhuma sensibilidade, o que torna supérfluo todo comprimento adicional do pênis para a satisfação sexual da mulher. Até mesmo o lendário ponto G fica a menos de 5 cm da entrada da vagina — dimensão que qualquer pênis em ereção é capaz de atingir.

Um pênis grande demais não vai assustar a parceira?

A gente consegue arranjar problema com tudo: a angústia é tanta, nessa fase e nesse território, que qualquer gancho serve para pendurar a ansiedade. É possível inventar os enredos mais incríveis em torno do medo de que as coisas não deem certo sexualmente: "Pequeno demais, não vai satisfazer uma mulher!", "Grande demais, qualquer moça desmaiaria só de olhar!".

Nada disso tem fundamento real (o que não significa que o sofrimento não seja verdadeiro): a vagina praticamente não tem tamanho, ela se amolda a qualquer dimensão de pênis. Não há perigo de sufocar uma mulher com um pênis excessivamente grande — o que quer que isso queira dizer. E será sempre possível, com delicadeza e ternura, lidar com a expressão de susto ou medo que se percebeu no olhar da parceira — e que não tem nada a ver com o número de centímetros do órgão sexual masculino.

E se eu brochar?

O medo da impotência tem inúmeras manifestações. Não há homem que não tenha passado, ao menos uma vez na vida, pela experiência frustrante de se ver desobedecido pelo próprio pênis. A primeira vez que um homem não consegue atingir e manter uma ereção é vivida como uma catástrofe, como uma condenação à morte. Mas essa fantasia não se apoia em dados reais. A impossibilidade de ereção só é considerada um problema de saúde quando o homem manifesta impotência em pelo menos 25% das relações — e isso é raro em homens saudáveis.

A impotência pode ser primária (quando o homem nunca conseguiu uma ereção) ou secundária (quando perde a capacidade de ter uma ereção depois de um período de vida sexual normal). A dificuldade pode não aparecer em todas as tentativas nem com todas as parceiras. As causas mais comuns são o uso excessivo de álcool e drogas e problemas psicológicos, como insegurança ou falta de confiança na parceira. É como se o pênis, ao se recusar a penetrar na vagina, sinalizasse que aquele homem não confia naquela mulher, não se sente à vontade diante dela.

Se eu não transar várias vezes na mesma noite, significa que não tenho um bom desempenho sexual?

A medida do seu desempenho está no seu desejo de transar e no seu desfrute do ato sexual, não nas façanhas relatadas pelos colegas — em geral fantasiosas. Os homens tendem a exagerar suas conquistas e competências nessa área e raramente falam de suas dificuldades, o que faz que as conversas masculinas sobre sexo sejam mais fonte de angústia do que trocas verdadeiras de experiências.

Num papo desses, se você não tem nada para se gabar e não quer ser mentiroso, o melhor a fazer é ficar calado. Aliás, ninguém deveria se exibir falando da própria intimidade, ainda mais quando a indiscrição expõe também a intimidade de outras pessoas.

Será que ela é areia demais para o meu caminhãozinho?

A fantasia de que "mulheres liberadas" são sexualmente mais exigentes leva alguns homens a se sentirem inseguros diante de uma parceira assim. No entanto, não há dados que indiquem um aumento real da incidência de impotência nos últimos anos. O que provavelmente aconteceu foi que, como resultado do clima de maior liberação sexual, os homens escondem menos suas dificuldades e procuram ajuda com mais frequência. Uma parceira compreensiva pode ser uma excelente aliada para um homem superar o medo de falhar.

E se for rápido demais?

O tempo que um homem leva para ejacular depende de muitas variáveis, o que torna complicado definir um padrão de normalidade. Já houve quem considerasse como ejaculação precoce o fato de um homem ejacular antes que a parceira atingisse o orgasmo. Essa definição carece de sentido: não se pode determinar a normalidade de um mecanismo fisiológico de uma pessoa a partir do ritmo de outra. De um modo geral, considera-se ejaculação precoce quando a ejaculação se dá antes ou imediatamente depois da penetração na vagina. Acontece quando o homem está com um nível de excitação sexual excessivamente elevado ou quando o ato sexual se dá num clima de ansiedade, tanto por condições internas (sentimento de culpa, pressa, medo de ser surpreendido) quanto externas (ambientes pouco adequados à intimidade do encontro amoroso).

A ejaculação precoce faz o homem se sentir envergonhado e infeliz, mas ela é parte da vida de todos os homens, embora nenhum deles goste de falar nisso. O que é uma pena, pois a ansiedade gerada por essa frustração se reduziria se os adolescentes soubessem que esse tropeço ocorre com todos os homens, em todas as idades. Ejaculação precoce não é sinal de falta de virilidade.

Outra informação que poderia tranquilizar os homens é a de que as mulheres não dão a um episódio desses nem uma sombra da importância que os homens lhe atribuem. Se o homem não reagir com violência nem atribuir ao comportamento dela o fracasso do ato sexual, existem grandes chances de que esse encontro, inicialmente frustrado, se transforme num sucesso. Mesmo que esse momento não resulte num desempenho sexual retumbante, é possível viver uma preciosa experiência de comunicação e ternura. De qualquer modo, encontros tranquilos, com uma parceira com quem o homem se sinta à vontade para falar sobre a dificuldade, costumam resolver o problema.

Será que eu sou gay?

O fato de uma pessoa se sentir atraída por alguém de seu próprio sexo não significa que ela seja homossexual. Os relacionamentos afetivos cobrem uma ampla gama de variações, desde o vínculo entre irmãos até a paixão desenfreada de dois amantes. Entre esses polos, situam-se as diferentes formas que o afeto pode tomar, com os diversos canais de expressão que o repertório humano oferece. O canal genital é apenas um deles. Isto significa que nem todas as atrações entre pessoas (do mesmo sexo ou não) se manifestam por meio de um desejo de proximidade sexual. Na maioria dos casos, essas atrações refletem uma afinidade, que pode se desenvolver em amizades profundas e duradouras.

E se eu preferir conversar com um amigo do que encontrar uma garota?

Na fase que precede a puberdade, entre os 7 e os 10 anos de idade, há uma separação natural entre os sexos. Os meninos tendem a se relacionar com outros meninos e com os homens, e as meninas ligam-se a garotas de sua idade ou a mulheres mais velhas. Essa fase de exclusividade termina na adolescência, com o despertar do interesse heterossexual, mas isso não significa que desapareçam os relacionamentos afetivos entre pessoas do mesmo sexo.

Portanto, um menino não precisa ficar preocupado se sentir enorme prazer em conversar com seu amigo e, às vezes, até preferir um bom papo com o colega a uma paquera duvidosa com a bela loira que começou a frequentar a piscina do clube na semana passada. Nada disso significa que ele é menos viril. Significa simplesmente que ele não está preso aos estereótipos que afirmam que "homem só pensa em sexo". Uma menina também pode preferir um programa com as amigas a "ficar" com o capitão do time de basquete, sem que isso justifique suspeitas de que ela está em vias de se transformar em "sapatão".

Alguns indivíduos só se sentem sexualmente atraídos por pessoas do seu sexo e mantêm esse padrão por toda a vida. Esses relacionamentos podem resultar em vínculos permanentes, com todas as características — boas e más — de um casamento.

O que leva uma pessoa a ser homossexual?

Não há uma resposta definitiva para essa pergunta. As pesquisas sobre as bases orgânicas da homossexualidade indicam um componente genético para essa condição, mas não permitem estabelecer com segurança uma relação entre alteração hormonal e homossexualidade. Os estudos sobre as famílias de origem de homossexuais não fornecem resultados conclusivos, mas sugerem que os gays provêm, com maior frequência, de famílias nas quais a figura masculina é fraca ou ausente. Por outro lado, existem casos em que ocorre o oposto: alguns homossexuais têm pais extremamente autoritários e violentos, e a maioria dos descendentes de famílias sem uma figura masculina forte é composta de heterossexuais.

A ausência de um pai na vida de uma criança tem, evidentemente, consequências para a sua formação: é essencial que o menino cresça com um modelo masculino, para que possa exercitar, com alguém em quem confia, todo o vocabulário do universo dos homens. Se a mãe tenta preencher o lugar de um pai ausente, isso só confundirá o código dos gêneros (masculino e feminino) na cabeça do garoto. E é difícil imaginar uma família em que não haja algum tio, avô ou padrinho que possa atuar como uma figura masculina substituta.

Uma questão assim complexa não tem respostas simples. Não há como obter garantias de heterossexualidade — como, aliás, de nenhum outro atributo que a gente acredita que nos trará a felicidade.

Homossexualidade tem cura?

Os homossexuais não são doentes que precisam ser tratados nem se pode dizer que a homossexualidade é um desvio contrário à natureza, sob a alegação de que o sexo serve à função reprodutiva e o ato sexual entre parceiros do mesmo sexo é necessariamente estéril. A fertilidade não serve como critério de normalidade sexual para a espécie humana, pois a possibilidade de fecundação é excluída da maioria das relações sexuais, seja pelo uso de anticoncepcionais, seja por envolver pessoas estéreis.

Alguns homossexuais sentem-se perturbados com a atração que sentem por pessoas do mesmo sexo e gostariam de estabelecer vínculos heterossexuais. Esses podem procurar ajuda numa psicoterapia. Mas outros têm suas necessidades afetivas atendidas e não se sentem desajustados — portanto, não teriam motivo para procurar tratamento.

Mas um vínculo entre parceiros do mesmo sexo tem algumas limitações que precisam ser enfrentadas, e não negadas, como a maioria dos casais tenta fazer com suas dificuldades. A esterilidade, por exemplo, até poderá ser contornada com a possibilidade de adoção ou de inseminação artificial. Mas nenhum desses caminhos é fácil nem tem garantia de sucesso.

// Angústias **DELAS** //

A primeira relação é doída?

A vagina não é um canal nem um tubo: é um espaço virtual, que só existe quando está preenchido. Quando não, suas paredes estão justapostas, e não há vazio entre elas: como o espaço entre os lençóis de uma cama, que só aparece quando alguém se põe entre o lençol de cima e o de baixo. A musculatura da vagina é elástica, o que lhe permite amoldar-se a qualquer dimensão de pênis (pois se até um bebê passa por ela!). Se essa musculatura nunca foi exercitada, pode oferecer certa resistência às primeiras tentativas de penetração, mas a excitação provoca a secreção de um muco lubrificante que facilita o processo. O fator mais eficaz contra a dor é uma penetração lenta e gradual, com paciência e carinho de ambos os lados.

E se não sangrar na hora?

O hímen é uma membrana porosa, situada entre as paredes da vagina, cuja elasticidade e irrigação sanguínea são variáveis. Geralmente, o hímen é rompido na primeira penetração, e esse rompimento se faz acompanhar de um pequeno sangramento. Mas nem sempre é assim que acontece.

Existem himens muito elásticos (chamados de himens complacentes), que permitem inúmeras penetrações sem que se rompam. Quando se rompem, pode até haver sangramento. Por outro lado, o hímen pode ser frágil e com pouquíssima irrigação sanguínea, de modo que pode se romper à primeira penetração, mas de forma imperceptível.

O importante é o significado atribuído à virgindade. Que sentido tem, para um homem, encontrar sua companheira "intocada"? E que sentido tem, para uma mulher, guardar-se para um parceiro? Se o que está em pauta são valores como honra, dignidade, confiança, melhor seria que fossem procurados em outro lugar. São importantes demais para serem depositados numa membrana assim frágil.

É sempre possível (às vezes, até inevitável) chegarmos virgens a uma nova relação. Pois diante daquele parceiro em particular, o conhecimento anterior de nada serve. Tudo está para ser descoberto, tudo precisa ser desvelado, para que se faça o caminho em direção ao outro. As trilhas abertas por relacionamentos anteriores não dizem muito sobre o território que se estende diante dos parceiros a cada novo vínculo.

Se a primeira vez for horrível, de quem é a culpa?

A primeira relação sexual é precedida por tantas fantasias que é difícil a garota estar aberta para o que de fato acontece com seu corpo naquele momento. As fantasias vão desde o medo da dor até a expectativa de viver uma emoção transcendental, com a visão de luzes explodindo em êxtase. O mais provável é não acontecer nem uma coisa nem outra.

A primeira penetração da vagina e o rompimento do hímen provocam alguma dor — mas não muita. E é quase impossível que, num momento carregado de tensões como este, a mulher consiga chegar ao orgasmo.

Se não forem exageradas as expectativas desse encontro, será possível desfrutar mais dele, vivendo-o como um momento especial de intimidade e ternura, e não como o passaporte para o paraíso.

E se eu for uma mulher frígida?

Frigidez é a impossibilidade de uma mulher atingir o orgasmo. Raramente a frigidez é completa: mulheres que nunca chegaram ao orgasmo com um parceiro podem atingi-lo por meio da masturbação — o que mostra que não há nenhum problema orgânico. A dificuldade pode provir de diferentes fontes, desde bloqueios emocionais, provocados por uma educação rígida, que leva a mulher a considerar vergonhosa sua sexualidade, até uma relação desconfiada e insegura com o parceiro, que impede o relaxamento e a entrega — condições essenciais para atingir o orgasmo.

Na maior parte dos casos, a frigidez é um sinal de que a relação entre os parceiros está exigindo mais cuidado. A linguagem do corpo tem de ser traduzida: é preciso entender o que impede essa mulher de se soltar junto desse parceiro. Às vezes, ela não se sente à vontade nem para comentar sua dificuldade com ele, com medo de ofendê-lo em sua virilidade. Mas, sem confiança e intimidade, não há como chegar a um final feliz. Na maioria das vezes, trata-se apenas de procurar, com o parceiro, uma posição mais adequada que favoreça a estimulação do clitóris.

O orgasmo é como um espirro?

Não há roteiro fixo do que uma mulher deve sentir durante o orgasmo. O melhor caminho para perder esse trem é procurar pelas sensações que se acredita que deveriam estar presentes, sem levar em conta o que o corpo sinaliza, de prazer ou desprazer, em cada momento do encontro. Nessa viagem, a paisagem do caminho é mais importante que o ponto de chegada.

Se eu não quiser transar com meu namorado, significa que não o amo?

Muitas facetas tem o amor, o desejo sexual é apenas uma delas. Querer ou não querer transar depende de várias circunstâncias, tanto externas (o ambiente, o clima, a presença de terceiros...) quanto internas (confiança em si e no parceiro, tranquilidade, valores...). Mas não despreze sua dúvida: preste atenção aos seus sentimentos nas outras tantas situações que a vida oferece para testar o vínculo entre duas pessoas.

Não se deve ter relação sexual durante a menstruação?

Essa questão pode ser fonte de encrencas. Não há nada, do ponto de vista fisiológico, que impeça ou contraindique o ato sexual durante a menstruação. Também não há nada que obrigue a isso. Nessa situação (como em todas, aliás) é preciso ouvir o corpo: ele é que sabe quais são suas disposições e seus apetites.

Mas é comum um homem se queixar de que a parceira usa o fato de estar menstruada como pretexto para evitar o ato sexual. E algumas mulheres se sentem rejeitadas porque o companheiro não quer uma aproximação maior quando elas estão passando por esse período do mês.

É preciso compreender e respeitar os incômodos mútuos. Uma mulher pode se sentir pouco à vontade para ter uma relação sexual nesse período, pois pode estar com cólicas ou dores nas pernas ou, simplesmente, ter a sensação de não estar com o corpo em condições de uma entrega amorosa. Isto não quer dizer que ela não confie no companheiro nem que o ame menos.

Além disso, o sangue é um símbolo de morte, de perigo. A simples visão de um ferimento que sangra faz qualquer pessoa se sentir insegura e assustada. Para um homem, em geral o sangramento menstrual está cercado de mistérios e tabus.

Raro é o homem que não tenha, entre as lembranças de infância, algum episódio ligado ao segredo das mulheres, partilhado pela mãe e as tias, ou pela mãe e as irmãs, do qual ele estava excluído e que o fazia se sentir desinformado e incompetente.

Ao deparar, quando adulto, com uma mulher menstruada, essas emoções da infância são mobilizadas — e ele pode se sentir inseguro a ponto de preferir evitar um encontro mais íntimo com esse mistério. Isto não significa que sinta repugnância pela parceira nem é sinal de rejeição ou de desamor.

Quando a gente está procurando por indícios de amor ou desamor em situações assim, geralmente é porque não está segura dentro da relação. Melhor tentar descobrir o que está gerando desconfiança, em vez de pendurar a insegurança em ganchos inadequados.

// Angústias comuns a **ELES** e **ELAS** //////////////////////

Existe momento certo para a primeira vez acontecer?

Não há prazo biologicamente determinado para iniciar a vida sexual. A natureza não exige que uma primeira relação aconteça dentro de qualquer limite de tempo.

Há sinais que anunciam que o corpo está fisiologicamente pronto para exercer sua função reprodutiva: a primeira menstruação, para a menina, e as primeiras poluções noturnas, para o menino, são eventos biológicos, carregados de emoções, porta aberta a fantasias e temores. Do ponto de vista biológico, no entanto, seu significado é simples: o corpo está adulto, apto para procriar. Mas isso não é uma ordem nem indica que a pessoa está pronta para a maternidade ou paternidade.

Muitas variáveis precisam se pôr em movimento para que a coreografia do encontro seja harmoniosa. O ser humano é uma unidade, ligada (e não separada) pelo pescoço: cabeça e corpo têm de estar integrados para que a mágica funcione. Quando a cabeça tenta impor um "não!" a um corpo que diz "sim!", o que se produz é um processo de ansiedade e culpa, que acaba por minar o relacionamento sexual. Em contrapartida, muitas vezes cabe ao corpo negar-se a uma cabeça que insiste em que a relação aconteça num dado momento ou com algum parceiro em especial. E o corpo se recusa com a eloquência de sua linguagem: a vagina se fecha, o pênis se recusa a ficar ereto.

Esses problemas em geral acontecem quando influências externas pressionam o jovem no sentido de ter ou de não ter uma relação. Às vezes, essas influências estão de tal maneira internalizadas que o próprio indivíduo não consegue discriminar o que é dele do que lhe é externo. É o caso, por exemplo, de uma educação muito rígida, que pode fazer com que a pessoa tenha dificuldades até para reconhecer o próprio desejo.

Outra situação complicada é a de uma intensa necessidade de aprovação por parte do grupo, que pode levar o adolescente a não se dar conta da própria resistência.

Vaidade, necessidade de afirmação, insegurança são exemplos de fatores que tendem a empurrar rapazes e moças para iniciar uma vida sexual sem uma concordância interna integrada e verdadeira.

E se acontecer antes da hora?

A fruta verde é áspera, rija, ácida. Deixa na boca um sabor desagradável e pegajoso, por causa do tanino, substância química que está presente no fruto que ainda não amadureceu. Depois, se transforma em açúcar, sumo, perfume e sabor.

Entretanto, quando ingerida, a fruta verde não provoca problemas graves de saúde. Pode causar um certo mal-estar, um pouco de dor de estômago, às vezes uma diarreia, dificilmente mais do que isto. O risco importante é o de que a pessoa que comeu a fruta nessas condições acredite que esse é o verdadeiro sabor da fruta — e aí não vai querer conhecer o gosto do fruto colhido a tempo e à hora.

Essa hora só pode ser definida num processo cuidadoso de se conhecer e conhecer o parceiro. Para haver um encontro, é preciso que haja duas pessoas. Inteiras, discriminadas. Virgens a cada encontro, virgens como a mata desconhecida a ser desbravada, que só pode ser penetrada por quem tem a humildade (e a coragem) de reconhecer a própria ignorância e o próprio despreparo; e a coragem (e a humildade) de adentrar, ainda assim, os mistérios de suas trilhas.

Beijei uma amiga (ou um amigo) numa festa. Isso significa que eu sou homossexual?

Não. Ser homo ou heterossexual não se define num único episódio. É possível que você não estivesse inteiramente no controle das suas emoções e se tenha deixado levar por um impulso, sem escolher o canal mais adequado para expressar o afeto.

Talvez você tenha se excedido na bebida, talvez tenha se influenciado pelo clima da festa... Enfim, um evento isolado não é suficiente para definir sua orientação sexual.

Existem diferentes tipos de orgasmo?

Muitos, tanto para o homem quanto para a mulher. Não estamos falando de orgasmos de clitóris ou de vagina, mas de muito mais do que isso. A experiência do orgasmo pode se originar tanto no clitóris quanto na vagina (ou em ambos ao mesmo tempo), como praticamente em qualquer lugar do corpo — mas não é só de anatomia que estamos falando.

Existem, evidentemente, locais privilegiados, que se prestam, mais que outros, a funcionar como zonas de excitação. Mas mesmo essa geografia decorre da história de vida de cada um, que faz com que determinadas partes do corpo sejam mais sensíveis.

Não existe um "mapa da mina" para ser seguido cegamente, pois até na mesma pessoa essa sensibilidade pode variar de uma situação para outra, de um parceiro para outro, dependendo de inúmeros fatores, internos e externos, difíceis de aferir.

É possível simular um orgasmo?

É tão variado o repertório sexual, que quase tudo é possível. A questão não está em saber se uma mulher pode imitar trejeitos e meneios de forma a dar ao companheiro a impressão de que atingiu o orgasmo. O importante é entender o que ela pretende conseguir com essa encenação (e descobrir o que perde com isso). Quando um casal se engaja num engodo desse tipo (tão comum!), não cabe perguntar de qual dos dois é a culpa. Nesse campo, procurar culpas não ajuda em nada.

Depois de muito tempo durante o qual o orgasmo feminino foi negligenciado ou até negado, o processo se inverteu, e levar a parceira ao orgasmo faz atualmente parte do mito da virilidade. Assim, o orgasmo da mulher passou a ser encarado como um desafio ao parceiro.

Esse enredo pode gerar alguns caminhos penosos e improdutivos, de culpas e fingimentos, com ele se sentindo menos viril por não levar a companheira ao orgasmo ou ela se conformando em fingir orgasmos para "não magoar o parceiro".

Nesses casos, não há vítimas nem algozes, há apenas cúmplices involuntários de uma dinâmica de mentiras que congela o relacionamento, em vez de fazê-lo florescer. Pode ser grande o medo de ferir o companheiro em sua vaidade de homem, pode ser sofrido confessar uma dificuldade. Existem, porém, dores inúteis (como a da ameaça de se ver apanhada numa mentira) ou dores partilhadas, que fazem crescer, como a de enfrentar, juntos, uma dificuldade que é do casal.

4. As diferenças DE GÊNERO: biologia e destino

Você já reparou na diferença entre os comerciais do Dia das Mães e os do Dia dos Pais? A maioria dos produtos sugeridos para presentear as mães é de objetos de uso doméstico (utensílios de cozinha, enfeites para a casa), enquanto para os pais são apresentados objetos de uso pessoal (meias, gravatas, camisas...).

Então ainda é assim?! Depois de tantas batalhas pela simetria, depois de enfrentar anos de estudos acadêmicos (a escolaridade das mulheres é, em média, maior que a dos homens), de queimar sutiãs e disputar cargos ombro a ombro com os homens no universo profissional, a publicidade ainda acha que lugar de mulher é dentro de casa? Com tantas mulheres chefes de Estado no mundo inteiro, ainda há quem acredite que as mulheres são emotivas demais para assumir postos de comando?

Pois essa incoerência está presente no nosso cotidiano: no trabalho, nas famílias e até nas escolas essa diferença entre o que se diz e o que se pratica também está presente. Os salários das mulheres são consistentemente mais baixos que os dos homens (ainda que exerçam a mesma função). Nas famílias, mesmo naquelas que alardeiam a igualdade entre os gêneros, é comum o pai e os filhos permanecerem sentados enquanto a mãe e as filhas tiram a mesa e arrumam a cozinha. Em muitas escolas ainda há uma divisão entre esportes considerados femininos e masculinos, e o futebol continua a ser praticado só pelos meninos, apesar do sucesso da nossa seleção feminina.

Você conhece algum jornal que publique um "Suplemento Masculino"? Já ouviu falar de algum clube ou partido político que tenha um "Departamento Masculino"? Por que será que isso acontece?

Há realmente diferenças entre os gêneros, que se manifestam em várias áreas do comportamento. Muitas dessas diferenças aparecem desde cedo, outras, mais tarde. Algumas são acentuadas pela cultura, que tende a estimular ou tolerar melhor alguns comportamentos, como a agressividade nos meninos ou a sensibilidade exagerada nas meninas.

Na adolescência, rapazes e garotas têm diferentes jeitos de competir pela popularidade dentro do grupo, como se concorressem em categorias diferentes: eles tendem a se exibir se sobressaindo nos esportes ou se vangloriando da quantidade de meninas com quem "ficam". Elas são mais sutis nessa disputa: são mais inclinadas a fofocas, a formar grupinhos excludentes. Os meninos parecem dar menos importância aos estudos, como se fosse demérito ser bom aluno, enquanto as meninas tendem a ser mais caprichosas nos trabalhos. Mas é claro que existem exceções de ambos os lados, felizmente.

Outra diferença que aparece cedo — e tende a ser fonte de dificuldades e atritos na relação amorosa — é o uso do verbal. O centro da fala desenvolve-se mais precocemente nas meninas, que tendem a falar mais cedo que os meninos (em compensação, estes tendem a andar antes delas). Como até hoje o filhote humano é, em geral, cercado de mulheres, as meninas são mais estimuladas a falar do que os meninos. São, sobretudo, encorajadas a falar das próprias emoções, enquanto um menino deve aprender a reprimir a expressão dos seus sentimentos ("Homem não chora!", que garoto não teve de engolir as lágrimas diante dessa mentira?...).

Com esses pontos de partida diferentes, homens e mulheres tendem a atribuir funções diferentes às conversas. Para uma mulher, a comunicação entre duas pessoas tem a principal função de tecer a teia da intimidade, de dar-se a conhecer ao outro, falar de seus sentimentos, seus desejos e seus temores. Entre os homens, a principal função da conversa é provocar mudanças e resolver problemas: "Se essa conversa não vai mudar nada, nem adianta continuar falando...".

Dá para perceber quanta encrenca essa diferença de postura vai provocar na vida de um casal?

Um homem e uma mulher de nossa cultura têm pontos de partida e trajetórias tão diferentes que é espantoso que venham a se encontrar e se atrevam a elaborar um projeto de vida em comum.

Mas as coisas não foram sempre assim?

Numa aldeia camponesa, em outra época, homens e mulheres já foram mais simétricos, mesmo com uma divisão de papéis bastante pronunciada. Nas pequenas comunidades rurais de muitas regiões do mundo, namoros e casamentos (assim como nascimentos e funerais) são até hoje eventos coletivos, partilhados, que dizem respeito a homens e mulheres de toda a aldeia. Nas sociedades urbanas, o único resquício que encontramos dessa vida comunitária são os anúncios fúnebres — que convidam para a despedida todos os conhecidos do morto, indiscriminadamente.

É provável que a cisão entre a família e a aldeia, a casa e o trabalho tenha se instalado em meados do século XIX, com a Revolução Industrial. Até então, o trabalho, mesmo o do homem, se fazia em casa ou junto da casa: artesãos ou profissionais liberais tinham sua oficina ou escritório no mesmo espaço em que viviam com a família.

Com a Revolução Industrial, as relações no trabalho já não combinavam com a proximidade da família. Para o trabalho foi o homem, armado com uma bagagem de frieza, objetividade, agressividade — arsenal obrigatório para a batalha do ganha-pão na sociedade industrializada.

Em casa, ficou a mulher — depositária e guardiã de tudo aquilo que o homem não podia levar consigo para a luta: a emoção, o afeto, a fragilidade.

Desse modo, as diferenças entre homens e mulheres foram sendo acentuadas, fazendo que a imagem de cada um se transformasse numa caricatura: de um lado, a dureza do machão (frio, lógico, ativo); do outro, a fragilidade feminina (emocional, intuitiva, passiva).

Lugar de mulher é na cozinha?

Existe toda uma arquitetura cultural para seduzir a mulher para dentro de casa, como se este fosse seu lugar natural. Vocês sabem: "Mulher não entende nada de matemática", "É muito emocional, não tem a frieza necessária para se defender na selva de pedra que é o mundo dos negócios", "A doçura e suavidade femininas são provas de que a mulher está fadada a ficar dentro do ambiente protegido do lar, cuidando dos filhos".

Quem nos marcou, mesmo, a ferro e fogo, não foi bem a Cinderela, mas sim a Gata Borralheira, responsável pelos cuidados com o fogão. Parece impossível nos livrarmos do borralho, que são os restos de cinza que se acumulam com o passar do fogo. Desde as vestais da Antiguidade, que eram sacerdotisas que literalmente zelavam pelo fogo da comunidade, até a mulher executiva de hoje, que opera o mais sofisticado forno micro-ondas para esquentar a comida de sua família, o ofício é o mesmo: temos de cuidar para que o borralho não impeça a chama de crescer.

Estamos impregnadas até os ossos pela ideia de que esta chama está em nossas mãos, de que somos responsáveis pela manutenção do calor do fogão e das emoções que permeiam toda a vida familiar. Por mais liberal e cooperador que seja o parceiro, parece que continuamos a nos cobrar o papel de vestal, imposto pelas gerações e gerações de mulheres que antecederam a nossa.

Ainda nos questionamos, lá no fundo, se é possível (e até mesmo desejável) nos libertarmos desse papel. De qualquer forma, esta é uma questão a ser resolvida nas instâncias mais profundas e íntimas da alma, não depende de eletrodomésticos nem da boa vontade de maridos. Embora, evidentemente, esses recursos possam ajudar a diminuir a angústia do conflito.

Quanto ao desejo de proteção e segurança, este é inerente a todo ser humano, não é exclusivo das mulheres. O desamparo e o medo da solidão fazem parte da bagagem de todos nós. Não há condição de independência ou sucesso profissional que desminta o fato de que precisamos todos, homens e mulheres, nos sentir amados e protegidos.

Seu lado feminino é homossexual?

Alguns preconceitos usam disfarces tão sofisticados que é preciso cuidado para não se deixar tapear. Hoje em dia, há uma tendência a deixar para trás os papéis tradicionais do homem e da mulher. Então, começam a ser valorizadas as mulheres independentes, capazes de se dedicar à carreira e enfrentar mercados de trabalho antes reservados aos homens. Da mesma forma, os homens são hoje encorajados a explorar sua sensibilidade, a expressar abertamente suas emoções sem se envergonhar de sua fragilidade.

Mas isso não significa que nos libertamos dos antigos estereótipos. Muitas vezes, eles se escondem por trás de manifestações sutis. É verdade que há mulheres disputando cargos ombro a ombro com homens, mas elas ainda não recebem a mesma remuneração que seus colegas, mesmo que ocupem posições equivalentes. E, quando se convida um homem a dar vazão a "seu lado feminino", não estamos confirmando que a sensibilidade e as emoções continuam domínio da mulher?

A lógica é masculina? A intuição é feminina?

Em algum lugar do percurso, os atributos se inverteram. Se lançarmos um olhar bem mais para trás, para os primórdios da nossa espécie, vamos deparar com o oposto desses modelos.

Quando nossos arquiavós ainda viviam sem a ajuda dos recursos culturais para facilitar a vida, as diferenças físicas (verdadeiras!) entre o homem e a mulher devem ter servido de base para a primeira divisão de tarefas da história: o homem foi caçar, e a mulher aprendeu a cultivar a terra. As caçadas eram demoradas, cansativas. Exigiam longas permanências longe de casa — e muita resistência física.

A mulher não podia ir longe: passava a maior parte do tempo grávida ou amamentando sua prole — condições que dificultavam sua movimentação. Ela tinha de ficar — e tinha de comer e alimentar seus filhotes. Nem sempre dava para esperar pelo produto incerto e demorado de uma caçada consumindo as reservas da caçada anterior.

A natureza era generosa, rica em folhas, frutos e grãos comestíveis — mas só em determinadas épocas do ano. Para sobreviver e garantir a sobrevivência de seus filhos, é bem provável que a mulher tenha descoberto muito cedo a possibilidade de semear e de cultivar grãos para colher alimento.

Mas não basta ser sensível para fazer a terra produzir. A terra só obedece a quem aprende e respeita suas regras: quando plantar, de que forma fazer o cultivo, quais as sementes adequadas para cada tipo de solo. É preciso conhecer as leis das chuvas e das secas, a sequência das estações do ano, identificar compatibilidades e incompatibilidades entre diferentes tipos de sementes.

É sedutora a explicação mágica de que a mulher e a terra são parecidas: ambas férteis, receptivas, dadivosas. Também é fácil dizer que existe uma relação direta entre a mulher e a Lua: ambas misteriosas, sombrias, irmãs. Pois o ciclo menstrual não tem fases, como a Lua? E seu período não tem perto de 28 dias, como um ciclo lunar?

Tudo bonito, poético e, até certo ponto, verdadeiro. Mas para estabelecer relações de causa e efeito, para perceber quando, como e o que plantar em cada época, é preciso algo mais: um raciocínio lógico. Não se faz a terra produzir usando apenas a sensibilidade e a intuição.

A caça, por sua vez, exige um tipo de conhecimento diferente da lógica: o caçador precisa estabelecer um relacionamento quase de identificação com a presa, antecipar seus passos, adivinhar seus truques, captar seus hábitos e suas defesas. Para essas atividades, a lógica serve de muito pouco: é preciso intuição, sensibilidade. Sem essas habilidades, o homem jamais poderia ter-se feito caçador.

Onde, no trajeto, se fez a mutilação e a renúncia?

Afinal, iguais ou diferentes?

Tão prejudicial quanto inventar diferenças artificiais para justificar assimetrias é negar o óbvio e afirmar que homens e mulheres são iguais, quando a diferença salta à vista.

Ter um pênis é diferente de ter um útero ou seios. Diferente: nem melhor nem pior. A confusão entre desigualdade e assimetria vem de um ponto de vista centrado exclusivamente em si mesmo: "eu sou o modelo para tudo o que existe, o diferente de mim é inferior a mim; só posso olhar de igual para igual quem for igual a mim".

Esse modo de encarar o diferente não se refere apenas ao sexo. Manifesta-se nas várias dimensões da vida humana (econômica, racial, intelectual etc.) e dá origem a todos os tipos de preconceitos. Leva a situações absurdas, como a segregação do negro em sua própria terra (como acontecia na África do Sul) ou o extermínio de populações indígenas (como aconteceu no Brasil e nos Estados Unidos).

As diferenças biológicas entre um homem e uma mulher são suficientemente importantes para se refletir em diferentes comportamentos. Por outro lado, a cultura acentuou de tal forma essas diferenças (e criou outras, que não têm contrapartida biológica) que hoje é difícil discriminar quais são diferenças naturais e quais são artificiais.

Na verdade, não tem importância. O que vale é saber reconhecer semelhanças (sem medo de se confundir com o outro) e respeitar diferenças (sem tirar daí falsas conclusões sobre superioridades e inferioridades). Um homem jamais será capaz de amamentar, uma mulher jamais será capaz de fecundar. Isto não significa que ele não seja capaz de nutrir ou que ela não seja capaz de levar o outro a gerar coisas importantes (não é uma forma de fecundação o que faz uma boa professora ou a autora de um bom livro?).

Um homem é diferente de uma mulher. Ainda bem. As diferenças enriquecem uma relação, desde que ambos se sintam competentes para a vida e reconheçam essa mesma competência no outro — ainda que se expressem por outras habilidades.

A lógica sem a sensibilidade tende a ser cruel; a emoção sem o poder de raciocínio tende a ser piegas.

Mas a mulher não tem um papel mais importante do que o homem na fecundação?

Depois da imprescindível colaboração do homem para o ato da fecundação, a natureza não lhe reserva papel algum para o desenvolvimento do feto. Mas, desde que uma gravidez se anuncia, muitos pais sentem necessidade de participar da preparação do evento que se aproxima. Já aí há uma diferença importante: para a mulher, a maternidade é uma realidade biológica que a leva a fazer modificações importantes na sua rotina; mas para o pai, o bebê só passa a ter uma existência real após o nascimento. A paternidade é, pois, um aprendizado e uma conquista.

A mulher leva vantagem na preparação emocional para a função de ter filhos: as transformações que ocorrem em seu corpo dão realidade às sutis alterações psicológicas envolvidas na montagem de uma mãe. Um pai, no entanto, tem de se preparar para ocupar uma nova condição biológica, social e afetiva, sem que sua imagem corporal passe por modificações.

Não adianta criar subterfúgios, para contornar ou ignorar o contraste entre o envolvimento do homem e o da mulher. Há alguns anos foi moda a fantasia do "casal grávido": o casal fingia acreditar que ambos estavam igualmente grávidos, como se a gestação fosse um fenômeno partilhado, que ocupasse os dois parceiros com a mesma intensidade. Como se fosse possível ignorar que só ela tem o corpo modificado, só ela precisa fazer xixi a toda hora, ela é quem sente sono a maior parte do tempo. E é ela que vai passar, sozinha, pelo mistério do parto. Não adianta tentar tapear a natureza, fingindo igualdades onde a diferença impera.

A paternidade representa uma dignidade diferente: passa a ser outra a inserção desse homem na cadeia da vida. Entretanto, nada em seu corpo prenuncia esse acontecimento. Não há marco que, como na gestante, defina o ponto zero a partir do qual começa a se cumprir um programa de transformações sucessivas. Assim, um pai em gestação pode passar semanas esquecido do que o espera; alguns podem até virar pai sem saber.

Existe mesmo um novo pai?

Desde o nascimento até a adolescência, o filhote humano sempre foi rodeado por mulheres: mãe, avós, tias, madrinhas, vizinhas, professoras, diretora... Os homens só entravam em cena quando os meninos chegavam à adolescência. Assim, um menino aprendia a ser homem pelo avesso, a partir da informação de que tudo o que o cercava não era masculino. Ele sabia que expressar emoções, fazer o serviço de casa, lidar com os filhos... Tudo isso era "coisa de mulher". Não adiantava presentear os meninos com panelinhas e bonecas, o que lhe fazia falta era ter a oportunidade de ver, no seu cotidiano, um homem adulto usar esses objetos com naturalidade.

Felizmente, a geração do século XXI está passando por uma mudança importante. Muitos homens estão próximos dos filhos e dispostos a desempenhar tarefas consideradas femininas. Com essa mudança, ganham as famílias e, sobretudo, os meninos, que têm mais modelos masculinos em que se espelhar. O universo da família necessitava mesmo dessa evolução: os homens estão começando a desenvolver uma maneira própria de trocar uma fralda, dar uma mamadeira, preparar uma papinha e se entender com os filhos, sem a mediação da mãe. Os filhos, por sua vez, precisam aprender a lidar com o pai que têm, não com uma imagem de pai traduzida pela mãe.

Nenhuma mulher ensina um homem a ser pai: um homem aprende a ser pai com o pai que teve e com os filhos que tem. As mulheres teriam boas surpresas se abrissem mão da crença de que só elas têm competência para cuidar dos filhos e aprendessem a conter a ansiedade e desviar o olhar quando um homem lida com seu filho (de qualquer idade).

Se isso acontecesse, teríamos, na próxima geração, uma safra maior de pais participantes e competentes.

5. Prazer SOLITÁRIO

A masturbação é um fantasma que sempre assustou pais e educadores. Durante a Idade Média, no afã de impedir que os jovens se masturbassem, criaram-se apetrechos que lembram instrumentos de tortura. Em alguns internatos para meninas, usavam-se lençóis especiais, costurados de maneira a tornar impossível para as mãos alcançarem o corpo. Com o passar do tempo, modificou-se a maneira de lidar com o "problema", mas a intenção não mudou: controlar a criança e o jovem para evitar que se masturbem.

Abandonados os aparelhos repressivos, apelou-se para supostas regras de higiene e saúde. O masturbador estaria sujeito aos mais terríveis males do corpo e da alma, desde a tuberculose até a loucura. Compêndios médicos do começo do século XX fornecem listas de alimentos e roupas que deveriam ser evitados, por estimularem o "vício solitário".

Embora alguns desses mitos se mantenham até hoje (inclusive o principal deles, ou seja, o de que a masturbação é prejudicial e, portanto, precisa ser combatida), o conhecimento científico atual não permite que se responsabilize a masturbação por doenças ou fraquezas, e a repressão teve de assumir formas e linguagens sutis.

Uma menina que se masturbe frequentemente corre o risco de vir a ser uma mulher frígida?

A ameaça se instala, então, no próprio lugar da culpa: uma menina que desfruta da própria sensualidade estaria impedida de ser uma mulher sexualmente sadia. E como o que se passa na cabeça é soberano, se a menina acreditar que merece ser castigada, poderá, ao se tornar adulta, ter dificuldade para sentir orgasmo. Entretanto, isto não tem nada a ver com frigidez. Em primeiro lugar, uma mulher capaz de atingir o orgasmo pela masturbação não pode ser classificada de frígida, pois frigidez a impossibilidade de viver a experiência da excitação e do orgasmo. Em segundo lugar, uma menina que se masturba conhece o próprio corpo melhor do que uma criança reprimida, que não ousa se tocar — e assim estará mais (e não menos) apta a ter uma vida sexual satisfatória.

Em que fase da vida a masturbação é normal?

Não existe idade para começar nem para interromper a masturbação. É uma atividade normal em qualquer fase da vida e faz parte do desenvolvimento e do repertório de todos os seres humanos. É, principalmente, uma prática confortável: não custa dinheiro, não faz mal à saúde, não engorda e não exige a colaboração de ninguém.

O orgasmo obtido com a masturbação é diferente?

Cada experiência de orgasmo é única, mas o orgasmo atingido pela masturbação não é fisiologicamente diferente de qualquer outro. Porém, faltam os elementos que temperam uma relação sexual e lhe dão significado. Falta, sobretudo, a própria relação: faltam as reações do parceiro, parte fundamental do ato sexual.

Até que frequência a masturbação pode ser considerada normal?

Existem povos que fazem cinco refeições por dia, outros fazem três ou uma. Quanto cada pessoa come numa refeição? Quantos copos de água você bebe por dia? E seu amigo? Essas perguntas mostram como é difícil traçar o limite entre o normal e o patológico quando se trata de atos pessoais como se masturbar ou comer.

Mas uma pessoa que passe o dia inteiro comendo ou que beba litros e litros de água por dia deve ter algum distúrbio. O mesmo vale para a masturbação: se uma pessoa passa o dia todo se masturbando, certamente não vai ficar tísica nem anêmica. Mas se sua única fonte de prazer é a manipulação solitária do próprio corpo, deve haver algo de errado em sua vida e em sua forma de se relacionar com os outros. Por que ela não se interessa por outras formas de gratificação? Será que só confia em si mesma para obter prazer?

Ou seja: o problema está em descobrir o que leva alguém a se isolar, a se contentar com uma vida pobre em trocas e interesses. O que é realmente importante é o que essa pessoa está deixando de fazer, não o que ela está fazendo.

Existe o risco de perder a virgindade com a masturbação?

Na maioria das vezes, uma menina se masturba pela manipulação do clitóris e não pela penetração da vagina. Isto acontece porque o clitóris é uma estrutura visível e de fácil acesso, enquanto a vagina é interna e tem uma abertura discreta.

Além disso, o clitóris é especialmente sensível e é provável que as primeiras sensações de prazer ocorram por uma estimulação casual, involuntária, provocada pelo atrito da roupa ou por alguma outra situação fortuita. No entanto, mesmo que a masturbação se faça pela introdução de dedos ou de algum objeto na vagina, a ruptura do hímen é improvável, pois ele está localizado internamente.

Vale lembrar que a utilização de objetos contundentes ou de dimensões muito grandes remete a um comportamento de autoagressão, não de autoerotismo.

Se a masturbação da mulher é geralmente pela manipulação do clitóris, isto não fará que ela fique "viciada" e passe a só ter orgasmo assim?

Mesmo numa relação a dois, é provável que a maioria dos orgasmos da mulher se origine no clitóris. Isso não tem nenhuma importância, não existem tipos melhores nem mais dignos de orgasmos.

Do ponto de vista anatômico, é difícil que o clitóris não seja estimulado durante uma relação sexual — e sua contribuição é decisiva, mesmo num orgasmo vaginal. Assim, não há problema em se "viciar" nesse tipo de sensação. Trata-se de uma preferência legítima a ser respeitada e explorada, não um vício a ser combatido.

Por que há pessoas que sentem culpa ou vergonha depois de se masturbar?

A sensação que fica depois da masturbação depende do que se passa na cabeça de cada um. Quem acha que o que acaba de fazer merece castigo se sente culpado; quem acredita que fez uma "coisa feia" pode sentir vergonha. E há os que deparam com a própria solidão nesse momento — e podem ficar deprimidos. Outros, ainda, experimentam uma sensação de onipotência, ao se dar conta de que são capazes, sozinhos, de se oferecer uma experiência prazerosa.

Entretanto, nenhuma dessas sensações é diretamente provocada pela masturbação: o conteúdo que veio à tona já fazia parte da bagagem de cada um.

Quem não se masturba é anormal?

Não adianta trocar de vilão sem mudar de enredo. Não se pode determinar um padrão para o caminho que a sexualidade toma na vida de cada pessoa. Existem indivíduos com uma vida bem pouco genitalizada, cuja energia sexual está canalizada para outras atividades, sem prejuízo algum. É o caso de pessoas que fazem uma opção de vida dedicada à dimensão espiritual, como alguns religiosos. Ou artistas, esportistas e pesquisadores que, durante a fase mais intensa de seu trabalho, têm toda a energia canalizada para o processo criativo.

Mas e as ideias obscenas que passam pela minha cabeça?

Também não fazem mal a ninguém. Fantasia existe é para isso mesmo: para a gente não ter de fazer tudo o que passa pela cabeça. No nível da fantasia, podemos satisfazer nossos desejos sem prejudicar ninguém. A gente pode imaginar as situações mais incríveis ou inventar mirabolantes enredos com os mais improváveis parceiros. Sem prejuízo para ninguém: a fantasia é sua, você faz com ela o que quiser.

Só não pode confundir os universos e achar que precisa viver na realidade as maluquices que a imaginação criou. Mas de você para você, vale tudo. Ninguém vira monstro por criar fantasias consideradas monstruosas.

6. A internet e o SEXO

A internet oferece o mundo a um roçar dos dedos: todo o acervo de informações que a humanidade amealhou está disponível, pessoas do mundo inteiro podem ser localizadas e contatadas, há diversões para todas as idades, culturas e humores. Sem sair do próprio quarto, é possível se informar, encontrar interlocutores, fazer amigos e brincar. O quarto do adolescente, que sempre foi seu reduto e seu abrigo, agora é muito mais do que isso: suas paredes podem conter o universo — com todas as suas belezas e todos os seus riscos.

Há algum tempo, as pessoas procuravam informações em obras confiáveis como enciclopédias e manuais, cujos textos são elaborados por especialistas e revisados por editores cuidadosos. A internet, porém, em sua democrática mistura de fontes, aceita tudo que lhe é proposto, sem censura nem avaliação crítica. Sem o crivo de um repertório mais amplo, sem critérios para separar o joio do trigo, o jovem usuário da internet pode ser levado a acreditar nas mais fantasiosas criações.

Com todas essas janelas que podem ser abertas com um simples toque, as paisagens descortinadas trazem mais confusão que esclarecimento. Os sites de pornografia, por exemplo, que visam a um público masculino adulto, colocam o jovem em contato com um tipo de sexualidade que, com sua parca experiência, ele pode considerar normal — e passa a acreditar que o que se passa entre os protagonistas dos filmes pornô é o que acontece entre pessoas reais.

Essa crença é agravada pelo exíguo contato que a maioria dos adolescentes de hoje tem com obras de ficção, como livros e filmes, que retratam o relacionamento sexual dentro de um contexto mais amplo, na vida de personagens bem construídos, que permitem uma identificação afetiva mais próxima da realidade. Dificilmente o universo de mágicos e vampiros, que costuma compor o acervo romântico dos jovens, oferece uma visão consistente dos relacionamentos humanos. Assim, o jovem não tem elementos com que diluir a imagem de sexo que os sites de pornografia apresentam e, consciente de que não possui nem o *hardware* avantajado dos personagens nem o *software* adequado aos malabarismos vistos na telinha, o jovem tem medo de não atender as expectativas da colega (que deve assistir aos mesmos programas).

No afã de atingir esses falsos modelos e vencer a ansiedade resultante do medo do fracasso, muitos ingerem remédios indicados para homens maduros com dificuldade de ereção. O remédio, além de provocar efeitos colaterais indesejáveis (dores de cabeça, enjoo, alterações visuais) e sobrecarregar o fígado e os rins, não vai promover uma hiperereção nem manter o pênis ereto indefinidamente. A maioria das dificuldades e ansiedades ligadas à sexualidade, tanto em jovens quanto em adultos, tem origem psicológica e não fisiológica. Para vencê-las, não adianta lançar mão de subterfúgios químicos. O amadurecimento e o autoconhecimento são os principais aliados nessa conquista.

A exposição descuidada

A internet não oferece apenas janelas a abrir, oferece também portas a serem atravessadas. Os contatos feitos por meio das redes sociais dão uma falsa impressão de intimidade e de conhecimento mútuo, que pode levar a encrencas perigosas, até mesmo fatais. Muitos caminhos precisam ser percorridos para confirmar o grau de confiança que pode ser depositado num interlocutor virtual, antes de se dispor a dar informações pessoais (sigilosas nunca!), a marcar um encontro ou partilhar de um projeto.

Um vínculo real também é carregado de fantasias, os parceiros se inventam um pouco para agradar o outro, que também se esforça para apresentar sua melhor faceta. Mas a realidade logo se encarrega de conferir as imagens e, até certo ponto, corrigir os desvios. No espaço virtual, a ilusão pode durar indefinidamente: na maioria das vezes, cada um se apresenta segundo a própria fantasia ou (pior!) conforme seus interesses, muitas vezes escusos.

Na internet valem os mesmos conselhos que as mães dão a seus filhotes desde que estes conquistam a capacidade de locomoção: não fale com estranhos!

Como os jovens não costumam seguir os sábios conselhos de seus pais, devem ao menos tomar alguns cuidados para diminuir os riscos. Como os seguintes:

- se marcar um encontro, não vá só, peça a um amigo que o acompanhe;
- ao marcar o encontro, avise que irá acompanhado (e se o outro exigir que você compareça sozinho, corte o contato imediatamente!);
- escolha um lugar público, como uma lanchonete ou cinema;
- escolha um horário em que o local estará movimentado;
- sempre deixe alguém de confiança informado sobre o local e horário do encontro.

Essas orientações valem tanto para homens quanto para mulheres, sejam crianças, jovens ou adultos.

7. Hora de SE CUIDAR

A ciência foi capaz de inventar as mais sofisticadas maneiras de conceber seres humanos (inseminação artificial, bebê de proveta, útero de aluguel), para contornar complicados problemas de infertilidade. Mas, na ausência de patologias, a forma tradicional continua se revelando bastante agradável e eficiente.

Eficiente demais. Ainda acontecem casos de gravidez inesperada e indesejada, que provocam angústia e sofrimento. Além disso, em algumas regiões do planeta, a explosão demográfica projeta sombrias ameaças para o futuro da humanidade. No entanto, ainda não se descobriu uma maneira simples, eficiente e inócua de evitar a concepção. Muitos métodos têm alta taxa de erro, outros têm efeitos colaterais desagradáveis ou interferem no prazer da relação.

Se você começou a ler este capítulo na esperança de encontrar um método de contracepção que sirva para todos, que permita ter relações a qualquer hora, sem preparo prévio e sem possibilidade de erro, sinto muito.

Esse método maravilhoso e infalível não existe. Pelo menos por enquanto.

Ainda assim, é preciso usar o que existe – e não é pouco. A quantidade e variedade de métodos disponíveis já seriam suficientes para diminuir as altas porcentagens de gestações indesejáveis. A gravidez precoce é uma das ocorrências mais preocupantes relacionadas à sexualidade da adolescência, com sérias consequências para a vida dos adolescentes envolvidos, de suas famílias e dos eventuais filhos, produtos dessa gravidez.

Um estudo feito pela Organização Mundial da Saúde mostra que a incidência de recém-nascidos gerados por mães adolescentes com baixo peso é duas vezes maior que o de mães adultas. A taxa de morte neonatal é três vezes maior.

Mas os dados indicam que o número de adolescentes grávidas no Brasil está diminuindo, provavelmente graças ao grande número de campanhas em relação ao uso de preservativo e à disseminação da informação sobre métodos anticoncepcionais. O que mais preocupa é a gravidez em adolescentes de classes econômicas menos favorecidas, pois a maioria dessas adolescentes não tem condições financeiras nem emocionais para assumir a maternidade: muitas fogem de casa e quase todas abandonam os estudos. Assim, as questões cruciais são a renda, o nível educacional e o serviço de saúde ao qual as jovens grávidas têm acesso, e não simplesmente o fato de terem filhos.

Mas e se for só uma vez?

Embora uma gravidez indesejada possa ocorrer em qualquer fase da vida, vários fatores contribuem para aumentar a probabilidade desse evento durante a adolescência. Os métodos mais seguros e refinados (pílula, DIU) não podem ser usados sem a orientação de um profissional — e procurar um médico antes de iniciar um relacionamento sexual significa assumir a própria sexualidade e a responsabilidade para com ela. Em geral, a gente prefere fingir que não sabe que está prestes a ter uma vida sexual completa. Sabe como é: a gente estava "a quilômetros de ter essa intimidade", não sabe explicar como foi que aconteceu. Como se nem estivesse lá, na hora. "Perdi minha virgindade" — ora, que frase mais besta! — "Estava aqui agorinha mesmo, onde é que eu pus?"

É melhor estar presente e fazer conscientemente essa opção, quando se pode estar lá, inteirinha, habitando o próprio corpo e acompanhando o que está acontecendo. Presente no aqui e agora, diante do outro. Não é bom ficar pensando na cara com que vai olhar para a mãe no dia seguinte ou nas palavras que vai usar para relatar o evento para a amiga. O mesmo vale para o garotão que está mais preocupado em acrescentar mais uma "conquista" à sua lista do que em se relacionar com a parceira.

Será que sou fértil?

Há outro problema. Existe uma questão que a gente tem a tendência de esconder de si mesma, não confessando nem ao espelho, mas que pode ser sorrateira e perigosa. É uma dúvida que toda menina tem: "Será que sou fértil?", "Será que está tudo em ordem com meus órgãos internos?", "Será que posso ter filhos?".

Inconsciente é perigoso, não tem medida de nada: quando você menos espera, o teste está feito, e você já sabe que está tudo bem com seu corpo. Eis que você é uma mulher inteira e perfeita. Grávida. E agora?

Existe mais uma dessas forças internas que ajudam a montar armadilhas para a gente mesma. É a sensação (absolutamente falsa) de que a gente é capaz de controlar o que acontece com o próprio corpo e de que uma gravidez indesejada é uma dessas encrencas que só acontecem com os outros, comigo nunca. Vai nessa! Aliás, este tipo de onipotência é muito comum e ultrapassa a esfera da sexualidade para aparecer em quase todos os campos da vida. É como se o mero fato de ser jovem garantisse imunidade quanto a males e acidentes: o perigo não existe, é uma mera invenção de pais e professores para encher a paciência da gente.

Mas pílula não envenena o corpo?

Hoje em dia tem mais uma: a onda de ser natural. É um tal de não querer "envenenar" o corpo com substâncias químicas. Essas pessoas esquecem que o simples fato de ser "natural" não faz com que uma substância seja benéfica, nem sequer inócua. Estriquinina é natural, arsênico também. Ambos podem matar. E o que é natural, o que é artificial, para esta espécie constituída pela cultura?

Hora de se cuidar • 59

Essa história de menstruar todo mês é quase uma novidade para a espécie humana. Durante milênios, a fêmea da espécie ou estava grávida ou estava amamentando. Para termos sobrevivido a tantos perigos, só mesmo sendo descendentes de grandes parideiras. Vai ver que nem nos acostumamos direito a isso, não é à toa que a menstruação é chamada de "incômodo": cólicas, dores nas pernas, suores. E a irritação? A tensão pré-menstrual é uma realidade. Às vezes a gente está metida numa boa briga, com a mãe ou o namorado, e aí vem a pergunta fatal: "Você está pra ficar menstruada? É por isso que está nervosa desse jeito!". Que raiva quando é verdade! Como se o nosso corpo (e cérebro), habituado por milênios a estar sob a influência de um único hormônio (como acontece durante a gravidez), ainda não tivesse aprendido a conviver com as extremadas flutuações hormonais de um ciclo menstrual.

E daí? Vamos continuar eternamente grávidas, da primeira menstruação à menopausa, como nossas arquiavós? Vai ver que, nesse sentido, tomar pílula anticoncepcional é até mais "natural" do que menstruar todo mês, por anos a fio (pois a pílula, de certa forma, simula a condição hormonal de uma gravidez, para impedir que um óvulo amadureça no ovário).

Estamos brincando com as ideias, é claro, apenas para mostrar que, com relação à espécie humana, o conceito de "natural" não é fácil de ser definido. O que importa, na questão da contracepção, é ter a honestidade de reconhecer que é chegada a hora — e tratar de se prevenir, de preferência com a orientação de um médico de confiança.

Quem tem de se cuidar?

Todo mundo, tanto o homem quanto a mulher. Já se foi o tempo em que a possibilidade de uma gravidez era considerada um problema exclusivamente da mulher. A responsabilidade pela contracepção é assunto do casal.

Entretanto, é inegável que as consequências de um descuido recaem desproporcionalmente sobre os ombros da mulher, sobretudo quando a gravidez é produto de um encontro casual, de duas pessoas que não estão juntas numa relação estável, que não têm um projeto de vida em comum.

Gravidez indesejável para quem?

Você já se deu conta de que uma mulher pode ter um filho de um homem sem que este jamais saiba? Nesse âmbito, a mulher tem poder absoluto: ela precisa que um homem lhe ceda muito pouco, se quiser ter um filho. Um homem não tem nem de longe esse poder: para procriar, precisa da cumplicidade total de uma parceira. E existem casos de mulheres que atuam como verdadeiras ladras de esperma e usam, como um instrumento de dominação e chantagem, o poder de engravidar e de manter uma gestação a despeito da oposição do parceiro. Quem deve se cuidar? Quem é esperto se cuida.

Mas e se eu parar antes da hora H?

A preocupação com a contracepção é antiga, data de milhares de anos. No Velho Testamento, já se faz menção a métodos anticoncepcionais, especialmente ao coito interrompido. Sabe como é? Aquele método de retirar o pênis de dentro da vagina um instante antes da ejaculação. Pode até ser eficiente quando bem aplicado, mas tem um defeito irremediável: como explicar para alguém que ele deve virar à direita na primeira rua antes do viaduto? A pessoa só vai se dar conta de onde era a tal rua quando chegar ao viaduto, e a rua tiver ficado para trás. E no caso da ejaculação não tem como dar marcha à ré nem fazer a volta do quarteirão. Melhor não arriscar. É preciso ser experiente e ter muito autocontrole para usar esse método com eficiência. Talvez os homens do tempo do Velho Testamento fossem desse modelo. Hoje em dia, não sei, não.

Além disso, no momento em que está prestes a ejacular, o corpo pede aconchego, proximidade. O homem sente o impulso de se abandonar dentro da parceira, de se entregar a essa fantasia de completude que o ato sexual propicia. Obrigar o corpo a ir sistematicamente contra esse desejo é uma violência que não pode fazer bem ao relacionamento de um casal.

E se acontecer só nos dias certos?

Outro método bastante conhecido e, infelizmente, muito popular, é o do "hoje não pode", ou "tabelinha", cujo nome científico é Método de

Ogino-Knauss, em homenagem aos dois cientistas que, independentemente um do outro e ao mesmo tempo, idealizaram o método. Vale contar o que raramente se conta: Ogino teve nove filhos, Knauss teve 13, ou vice-versa.

O fato é que esse método, embora baseado em princípios verdadeiros, não funciona na prática, ao menos quando usado da maneira simplificada como se faz habitualmente. Basta dizer que ele é também conhecido como "Roleta do Vaticano", numa alusão ao fato de ter sido o único aceito pela Igreja Católica e ao seu caráter aleatório, que faz de seu uso um verdadeiro jogo de azar.

O princípio é simples: só pode haver fecundação se existir um óvulo em condições de ser fecundado. Isto só acontece, de fato, durante algumas horas (48, aproximadamente) após a ovulação. Lembrando que os espermatozoides podem sobreviver, em média, outras tantas horas dentro do organismo feminino, dá-se uma margem de segurança e sabe-se que a probabilidade de as relações sexuais resultarem em fecundação diminui à medida que se afastam desse período fértil.

Há, entretanto, duas complicações. Em primeiro lugar, a gente não sabe com certeza quando acontece a ovulação. Infere-se a ovulação pela parte identificável do ciclo, que é a menstruação, e calcula-se que a ovulação ocorre, em média, a meio caminho entre duas menstruações. A segunda complicação é que o período menos fértil do ciclo são os dias imediatamente antes da menstruação.

Deu para sentir o problema? Estamos lidando com hipóteses, com médias — sabe a história do cara que se afogou num rio que tinha, em média, 20 cm de profundidade? Então. E estamos de novo às voltas com o problema da rua antes do viaduto: a ovulação pode ter sido um pouco mais tarde, e com isso a menstruação que seria esperada para amanhã só viria um pouco depois. E numa dessas, já nem vem mais.

A maneira rigorosa de usar o método, de modo a torná-lo eficiente, exige uma avaliação precisa de quando ocorre a ovulação. Para tanto, é preciso medir diariamente a temperatura interna do corpo, com um termômetro retal. No momento da ovulação, há um aumento perceptível da temperatura, de cerca de meio grau centígrado. Este é o período de fertilidade máxima. Aliás, a tabelinha foi criada para auxiliar um casal que tem dificuldades de engravidar, indicando o período mais fértil do ciclo menstrual. Para esse uso, o método é eficiente. (Será por isso que seus criadores tiveram tantos filhos?) Como contracepção, no entanto, o índice de falhas é elevado.

Posso confiar nos meus olhos?

Uma sofisticação da tabelinha, que parte do mesmo princípio, é o método do exame do muco vaginal. A secreção encontrada na vagina sofre variações de densidade ao longo do ciclo menstrual. No início do ciclo, próximo da ovulação, a secreção é fluida, quase transparente (como se fosse clara de ovo); no final do ciclo a consistência é viscosa, com uma coloração amarelada, opaca. Assim, pelo exame visual da secreção da vagina é possível calcular a proximidade da ovulação: o muco mais claro significa que a ovulação está próxima e, portanto, o risco de gravidez é maior. Mas o método não funciona na prática, pois a mulher precisa ter alguma experiência para identificar as condições da secreção vaginal.

Então é só comprar uma pílula e tomar?

Acusada de ter revolucionado os costumes sexuais da década de 1960 (e até de ser responsável pela epidemia de Aids, por ter favorecido a promiscuidade sexual), a pílula é um anticoncepcional que se ingere e que simula a condição hormonal presente durante a gravidez. Assim, por um bloqueio bioquímico, o ovário não providencia o amadurecimento de um próximo óvulo.

Ora, o equilíbrio hormonal é um mecanismo preciso e delicado, com o qual a pílula interfere. Então, uma das recomendações médicas é que ela não deveria ser tomada antes que este equilíbrio orgânico natural estivesse estabelecido, o que muitas vezes só acontece depois dos 18 anos de idade. Além disso, há diversos tipos de pílulas, que associam diferentes hormônios em dosagens variáveis, para se ajustar a cada organismo feminino.

Portanto, não se devem tomar pílulas anticoncepcionais sem orientação e acompanhamento especializado. Direto, pessoal e intransferível.

A pílula que o médico receitou para sua amiga ou para a irmã de seu namorado pode ser ótima para elas e ruim para você. Será que o sapato delas serve no seu pé? E fique sabendo que as variações hormonais entre as mulheres são mais críticas que as diferenças de tamanho de pés.

Como variante da pílula, com o mesmo mecanismo de ação bioquímica, existe um método que garante um bloqueio em longo prazo. Consiste num tablete de hormônio, de liberação controlada, que geralmente é colocado embaixo da pele, no braço da mulher, e mantém a esterilidade por seis meses ou um ano, dependendo da dosagem.

Na pré-história da pílula, podemos incluir várias poções feitas de ervas, usadas para impedir a concepção, tanto pelos pajés de tribos indígenas como por feiticeiras da corte do rei Artur.

Por que os homens não tomam pílula?

Ainda está em estudo a pílula do homem, um implante subcutâneo com uma alta dose de testosterona, que vai inibir a produção de espermatozoides. O problema é que o excesso de hormônio masculino é metabolizado no fígado e transformado em hormônio feminino (estrogênio), o que pode levar à impotência. Outros efeitos colaterais são: crescimento das mamas (ginecomastia), aumento da incidência do câncer de próstata, tumores hepáticos. Por conta desses problemas, a pílula do homem ainda não é comercializada, embora os efeitos sejam todos transitórios e reversíveis com a interrupção do uso.

Mas e agora, que já aconteceu e eu estava despreparada?

Se tudo o mais falhar, se a relação aconteceu quando se acreditava estar a anos-luz de tal evento — e, portanto, ninguém estava tomando pílula nem tinha colocado um DIU nem estava usando camisinha, enfim, se a transa ocorreu quando ninguém esperava, ainda é possível recorrer ao plano B, que só pode ser acionado excepcionalmente: a pílula do dia seguinte. Mas se lembre: ela deve ser receitada por um médico e não pode ser usada como um anticonceptivo comum. É interessante para quem tem relações sexuais esporadicamente e não precisa manter o organismo estéril o tempo todo.

A pílula do dia seguinte contém uma forma sintética de progesterona em alta dose (as pílulas apresentam dosagem bem menor) e deve ser tomada no máximo 72 horas após a relação sexual. As altas doses de progesterona evitam a fertilização ou a implantação do embrião. A pílula não funciona como abortivo, pois age antes que a gravidez ocorra: se a fecundação ainda não aconteceu, o medicamento dificulta o encontro do espermatozoide com o óvulo; caso a fecundação já tenha ocorrido, a alta dose de progesterona provoca uma descamação do útero, impedindo a implantação do ovo fecundado.

No entanto, o resultado não é garantido e pode provocar efeitos colaterais intensos, o mais frequente deles é a alteração no ciclo menstrual. Também são sintomas comuns dores de cabeça, sensibilidade nos seios, náuseas e vômitos. A grande quantidade de hormônio também pode provocar pequenos coágulos no sangue, que obstruem os vasos, o que inviabiliza seu uso para quem sofre de alguma doença do sangue, é obesa, tem pressão alta ou problemas circulatórios. É uma opção apenas para casos de emergência.

E se eu ficar grávida e não quiser ter um filho?

Não existe nenhuma poção milagrosa que, ingerida, tenha o poder de interromper uma gestação em andamento. Mas muitos desses remédios de comadre, que costumam ser tomados sob a forma de chá ("bem quente"), podem provocar deformações no feto em desenvolvimento. A única forma de interromper uma gravidez é através de aborto provocado por uma intervenção química ou cirúrgica. Como o aborto é proibido, sua execução fica restrita a clínicas clandestinas, que dificilmente oferecem condições satisfatórias de higiene. Isso acrescenta, à angústia da experiência, o risco de infecções.

E não adianta se enganar, dizendo que fazer um aborto é tão simples quanto extrair um dente ou espremer um furúnculo. Não é. Fazer um aborto tem implicações psicológicas que não podem ser ignoradas. Um aborto representa a interrupção de um projeto de vida em andamento, o que nos coloca em contato com a experiência da morte. Esta afirmação não tem nada a ver com uma posição contra ou a favor da legalização do aborto. É apenas o registro de que essa é uma vivência carregada de emoções profundas.

Anticoncepcional ou abortivo?

O DIU (dispositivo intrauterino) segue a pílula de muito perto na preferência popular e médica. Há indícios de que, em épocas remotas, os beduínos já introduziam pequenos seixos dentro do útero de camelas para evitar que elas engravidassem durante as longas travessias pelo deserto. Esse método não impede a fecundação do óvulo, mas sim sua implantação no útero, depois de fecundado. A colocação do DIU dentro do útero tem de ser feita por um ginecologista. Uma vez colocado, há a possibilidade de o dispositivo provocar cólicas abdominais ou intensificar as cólicas menstruais.

Alguns inconvenientes do DIU: deve ser trocado periodicamente (os intervalos dependem do tipo de material de que ele é feito e da tolerância do organismo); para introduzi-lo no útero, o caminho tem de estar aberto, ou seja, o hímen tem de estar rompido. Isto pode ser feito pelo médico, usando um bisturi, mas essa é uma forma pouco romântica de viver o rompimento do hímen.

Assim, o DIU raramente é usado como primeiro recurso anticoncepcional, pois não pode ser colocado em mulheres virgens. Além disso, o dispositivo pode provocar irritações na mucosa uterina, o que aumenta a gravidade de qualquer infecção, como a gonorreia. Ou seja: DIU e promiscuidade formam uma combinação perigosa.

Serve como uma luva?

Outro método bastante usado, mas menos seguro que a pílula ou o DIU, é o diafragma vaginal, uma espécie de tampão de borracha que fecha a abertura do útero para impedir a entrada dos espermatozoides. Para que tenha maior eficiência, o diafragma costuma ser associado a uma geleia espermicida, que deve ser colocada dentro dele, antes de introduzi-lo na vagina.

O diafragma é como uma luva: para funcionar, tem de estar perfeitamente ajustado à abertura do útero, caso contrário não serve para nada. É preciso, portanto, tirar a medida dessa abertura, o que só pode ser feito pelo médico.

Um problema com o uso do diafragma é que ele não pode ficar permanentemente no útero. Assim, é necessário ter alguma previsão da pró-

pria vida sexual para saber quando colocá-lo. Deixar para a última hora pode criar problemas, pois durante a excitação a vagina fica toda melada, e é mais difícil colocar o tampão no lugar certo nessas condições. Quando retirado, o diafragma deve ser lavado e guardado em lugar protegido.

Alguns precursores do diafragma: as egípcias do ano 4000 a.C. usavam um tampão vaginal feito de excremento de crocodilo; as mulheres gregas e romanas usavam pedaços de lã embebidos em óleo. As variações geográficas e cronológicas influenciaram na escolha das substâncias que impregnavam o pano: salgema, esponjas do mar, etc.

Será que perde a graça?

A camisinha (outros nomes: camisa de Vênus, condom, preservativo) tem esses mesmos antepassados. De início, era feita de membranas de animais e usada por mulheres. No século XIV, Falópio (o mesmo que dava nome às trompas que ligam os ovários ao útero, hoje chamadas de tubas uterinas) recomendou que se usasse linho para sua fabricação. Foi só com o domínio da tecnologia da borracha, por volta de 1920, que os preservativos (e os diafragmas) começaram a se parecer com os de hoje.

Muito usadas antes do aparecimento da pílula e da popularização do DIU, as camisinhas tinham caído em desuso, com a alegação de que tiravam boa parte do prazer da relação sexual. "Como chupar bala sem tirar o papel", "Como entrar na piscina usando capa de chuva" — eram as gracinhas que se diziam.

As camisinhas estão de volta. Com a ameaça da Aids, seu uso passou a ser obrigatório. Não vamos agora mudar de rumo para explicar o que é a Aids (isso vem depois). Por enquanto, ficamos com o fato de que essa ameaça é séria, e exige categoricamente o uso da camisinha.

Hoje se usa, para sua fabricação, látex bem fino, em variadas cores e sabores. De verdade. Existem até algumas que tocam música no momento da ejaculação: você pode escolher entre samba, bolero ou valsa, conforme seu estado de espírito ou o tom que você queira dar ao evento. O tamanho é único, não é preciso tirar medidas. Não há contraindicação a seu uso: a camisinha não provoca efeito colateral.

Apesar do grande progresso que a tecnologia trouxe para o material, ainda se mantém a queixa de que o homem se sente constrangido, diante da parceira, ao interromper a festa para vestir o pênis — pois a camisinha deve ser colocada no pênis já ereto. Essa sensação de vergonha é bastante comum e perfeitamente compreensível, mas pode e deve ser vencida. Afinal, se o casal não tem intimidade para ultrapassar o constrangimento e colaborar num gesto tão simples, não sei o que esses dois estão fazendo juntos na cama.

Detalhes que não podem ser ignorados: ao colocar a camisinha, ela não deve ficar totalmente aderente ao pênis, é preciso deixar um espaço, na ponta, para acolher o sêmen ejaculado. Além disso, o pênis, com a camisinha, deve ser retirado ainda em ereção da vagina, pois à medida que o pênis relaxa, aumenta o risco de o líquido vazar da camisinha. Também não se deve lubrificar o preservativo com vaselina, pois esta pode derreter a borracha. O melhor lubrificante é a saliva ou a secreção da vagina (nunca a do pênis!).

Já existem camisinhas para mulheres. São feitas de um material fino e elástico e devem ser colocadas dentro da vagina, de modo a forrar suas paredes, deixando uma espécie de barra do lado de fora, para proteger o resto da vulva. Sua função não é só de anticoncepcional, mas principalmente de preservação contra a Aids.

Nenhum tipo de camisinha deve ser usado mais de uma vez. Por mais resistente que seja seu material, é preciso descartá-la após o uso.

Por que não exterminá-los?

Existem cremes, geleias e óvulos que matam os espermatozoides sem prejudicar outras células. Colocados no fundo da vagina, com o auxílio de uma seringa (sem agulha!), formam uma barreira aos espermatozoides, além de agir como espermicidas químicos. Isoladamente não são de confiança, mas podem aumentar a proteção da camisinha ou do diafragma.

Afinal, qual é o jeito de ter relações sem risco de engravidar?

A moral da história não é que a gente tem de estar eternamente preocupada com o risco de gravidez, mas sim que é preciso se ocupar disso antes, para não ter de se preocupar depois. Se não existe um método ideal (que permita ter relações quando se tem vontade, sem interferir em nada com a dinâmica do ato sexual e sem nenhum efeito colateral sobre o organismo), o leque de opções é suficientemente amplo para permitir uma escolha satisfatória. O que não se pode é fingir que o problema não existe ou acreditar que será fácil achar uma saída depois, se algo der errado.

Por que a gravidez indesejada ainda acontece?

Como você vê, existem muitos métodos anticoncepcionais, e não faltam informações sobre o assunto, ao alcance de todos. Mas ainda assim há uma grande discrepância entre a variedade dos métodos existentes e a quantidade de gestações indesejadas. Por que isso acontece?

A principal questão passa pelo mistério das instâncias desejantes. O ser humano não é uno nem homogêneo. Somos divididos, múltiplos, plurais. Quando afirmamos que queremos ou não queremos alguma coisa, estamos falando em nome de um vetor resultante, que emerge de um campo de forças antagônicas e conflitivas. "Quero" ou "Não quero" é uma frase que reflete o impulso final, mas não anula todas as forças contrárias que participam desse jogo. Nos eventos importantes da vida, nenhuma decisão se toma por unanimidade de todas as facções de nossa vida interior. Quem já tentou fazer um regime para emagrecer sabe do que estou falando: a pessoa quer mesmo emagrecer, mas também quer comer aquele doce, tomar aquele sorvete...

Alguns desses conflitos entre diferentes desejos são conscientes, outros nem chegam à consciência. E as dissidências, ignoradas pela consciência, acabam por forçar passagem pelas brechas da censura e montam armadilhas. Algumas infalíveis. Desejar ou não uma gravidez é uma escolha que mobiliza nossas ambiguidades, nos faz entrar em contato com angústias e anseios intensos e inconscientes, como o medo da morte e o desejo de eternidade.

Numa área em que a emoção é soberana, não basta apenas ter informações para mudar um comportamento. Uma mudança de conduta só se consegue levando em conta os complicados percursos dos afetos, na batalha que se trava dentro de cada um de nós. Não existe outro caminho para aprender a lidar com a sexualidade de forma mais responsável e menos dolorosa.

Não acredito que isso esteja acontecendo comigo! Transei com meu namorado num momento especial: ele estava muito triste porque a avó querida tinha morrido e nessa de abraços e beijos pra consolá-lo acabamos transando sem camisinha (ninguém imaginava que isso podia acontecer numa situação de luto!). Eu já tinha resolvido começar a tomar pílulas, e tudo, mas não deu tempo. Agora fiz o teste, e deu positivo: estou grávida! Meus pais me matam se souberem, não sei onde fazer um aborto (nem quero!), não conheço ninguém que possa me ajudar... O que eu faço?

Certamente existe algum adulto em quem você pode confiar e que possa aconselhá-la nesse momento difícil. E se você não se sente segura com nenhum parente, ainda haverá uma madrinha, uma amiga mais velha da família, um médico conhecido com quem você poderia se abrir. De qualquer maneira, você não está sozinha nessa aflição: seu namorado, acolhido num momento de luto, poderá acolhê-la diante de um problema que, paradoxalmente, é da vida e não da morte. Ele também tem uma família a quem talvez vocês possam recorrer.

Um aborto é uma saída drástica e dolorosa. Como o aborto é proibido, tem de ser feito em clínicas clandestinas, cujas condições de higiene são precárias, o que pode provocar infecções. E quem faz o aborto não quer se arriscar mais do que o necessário para fazer o serviço e não vai se preocupar em rever a paciente depois da operação.

Mas o custo de um aborto não está só no preço do aborteiro e no risco de infecções. O alto custo emocional, que deriva da interrupção de um projeto de vida em andamento, não pode ser esquecido.

Saiba que os pais costumam surpreender os filhos em momentos de crise, mostrando-se mais acolhedores e compreensivos do que os filhos imaginam. Apesar das ameaças, os pais não costumam matar seus filhos: eles dão broncas terríveis, castigam, ameaçam expulsar de casa (raramente cumprem a ameaça)... Mas dificilmente chegam a matar.

Sobretudo: não se apresse a tomar decisões quando está em jogo uma parte importante da sua vida. Procure não abandonar os estudos, encontre um caminho que, mesmo que pareça mais difícil no momento, coloque menos em risco o seu futuro.

Não caia nestas!

- ✕ Ter relações durante a menstruação é um meio absolutamente seguro de não engravidar.
- ✕ Se o pênis for retirado da vagina no momento da ejaculação, não há risco de fecundação.
- ✕ Quem está amamentando não engravida.
- ✕ Uma boa lavagem vaginal com vinagre ou Coca-Cola, imediatamente após uma relação sexual, mata os espermatozoides.
- ✕ Transar de pé torna a gravidez mais difícil.
- ✕ Uma camisinha de boa qualidade pode ser usada mais de uma vez.
- ✕ A pílula que serve tão bem para minha cunhada deve servir para mim também.
- ✕ Um bom chá de quinino – bem quente! – faz descer em três tempos uma menstruação atrasada.
- ✕ Tenho uma amiga que fez vários abortos e está ótima, como se não tivesse acontecido nada.
- ✕ Vou amarrar as trompas. Se me arrepender, desamarro.
- ✕ O homem deixa de ser fértil depois de certa idade.
- ✕ Usar duas camisinhas é mais seguro do que usar uma só.

8. O perigo mora AO LADO

Mesmo com tantos anos de experiência, o doutor Eduardo não estava suficientemente calejado para enfrentar aquele caso. Diante dele, a menina tagarelava, sem imaginar o que a esperava. O velho médico tornou a olhar o resultado dos exames de laboratório, com a mesma esperança insensata com que a gente revê um filme triste torcendo para que o final seja diferente. Mas as palavras fatídicas continuavam ali: positivo para HIV. Sua paciente tinha 16 anos.

Ele pedira o teste sem nenhuma convicção, afinal nada na história dela fazia supor que pudesse estar contaminada. Havia sintomas, é claro: emagrecimento rápido e intenso, infecções repetidas, diarreias insistentes e resistentes. Os pais da garota eram seus amigos de longa data, ele praticamente a vira nascer, tinha sido seu pediatra até pouco tempo atrás, acompanhara seu desenvolvimento. Ela não tinha nenhum envolvimento com drogas, nunca havia recebido uma transfusão de sangue, jurava que era virgem. Mas ali estava o diagnóstico inegável: Aids.

Depois de uma conversa penosa, para a qual precisou recorrer a toda a sua experiência e sabedoria, ouviu a confidência da menina: desde os 13 anos, mantinha relações anais com o namorado (este, sim, envolvido com drogas pesadas), para preservar a virgindade sem perder o namorado exigente e irresponsável.

A história que acabo de contar é rigorosamente verdadeira. Ela me foi relatada pelo próprio médico (cujo nome mudei, para que os personagens não pudessem ser reconhecidos), estarrecido e preocupado com a possibilidade de vir a enfrentar muitos casos como esse. Será que, apesar da quantidade e variedade de informações disponíveis, os jovens estavam tão ignorantes e despreparados assim para lidar com as doenças sexualmente transmissíveis?

Pois foi movida pela angústia desse médico meu amigo que resolvi escrever este capítulo sem medo de estar chovendo no molhado. Quem acha que já sabe tudinho sobre o assunto trate de ser mais humilde e ler o capítulo assim mesmo. A gente nunca sabe tudinho sobre algum assunto. Ainda mais um assunto como esse, que mobiliza emoções intensas e difíceis.

Doenças do amor?

Antigamente, elas eram chamadas de "doenças venéreas", isto é, "doenças de Vênus", ou "doenças do amor". Apesar do romântico nome genérico, a denominação de cada uma dessas doenças não era nada romântica (sífilis, gonorreia, cancro mole), e elas chegavam a matar.

Depois, vieram os antibióticos que, extremamente eficientes no combate a esses males, mudaram o panorama. Então, podia até ser considerado prova de virilidade ter uma "doença do mundo" ou "doença feia". Muito menino se sentiu homem ao pegar uma dessas porcarias.

Atualmente, elas se chamam Doenças Sexualmente Transmissíveis (DST). Estão matando de novo.

É bom frisar: essas doenças são transmitidas por micróbios, não por pecados. Portanto, uma pessoa contaminada não está doente como castigo por levar uma vida devassa nem como exemplo e alerta para que os pecadores se arrependam e façam penitência. A pessoa só adoece porque seu organismo entrou em contato com o micróbio que provoca a doença.

Quando há uma epidemia de gripe, devem-se evitar situações de aglomeração, principalmente em recintos fechados, como cinemas, shows. Isto porque o vírus da gripe se transmite pelo ar e, quanto maior a densidade desses micróbios no ar, maior a probabilidade de contaminação.

No caso das DST, os vírus estão no sangue, nos órgãos genitais, na secreção vaginal ou no esperma das pessoas contaminadas, e sua transmissão se faz por meio do contato sexual. Assim, quanto maior o número de parceiros, maior a probabilidade de contaminação: promiscuidade sexual e falta de preservativo formam uma combinação letal.

Essas doenças cobrem uma ampla gama de condições, que vão desde o condiloma (simples verrugas na região genital), que podem ser resistentes ao tratamento, mas não provocam maiores transtornos, até o flagelo da Aids, cuja epidemia está alcançando proporções assustadoras.

Aids?

O nome Aids vem da sigla da doença em inglês: *acquired immune deficiency syndrome*, que significa síndrome da imunodeficiência adquirida. O vírus da doença ataca os glóbulos brancos do sangue, que são os responsáveis pela defesa do organismo. Atacadas pelo vírus, essas células deixam de funcionar como protetoras, e o corpo fica à mercê de outras infecções, que acabam por matar. Por enquanto, não existe cura nem vacina para a doença que, uma vez instalada, é fatal.

Embora a doença tenha sido identificada há décadas, sua cura está longe de ser descoberta, e o vírus HIV, causador da doença, permanece uma ameaça em todos os continentes. Há, no entanto, notícias a serem comemoradas: o número anual de novos casos de infecção pelo vírus HIV, causador da doença, caiu 25% em todo o mundo entre 2001 e 2009, de acordo com dados das Nações Unidas. Isso só foi possível graças à intensificação dos programas de prevenção e educação dos portadores, aliada à universalização dos tratamentos mais efetivos.

O coquetel antiaids provou-se um sucesso. Versões aperfeiçoadas formadas por pelo menos 12 medicamentos diferentes passaram a ser ministradas e cumpriram a profecia de controlar a reprodução do HIV dentro do organismo humano. Pacientes com acesso a tais coquetéis passaram a levar uma vida quase normal e com efeitos colaterais bastante minimizados.

A sobrevida praticamente se tornou ilimitada, e o preconceito – em parte — recuou. As crianças filhas de portadores do HIV, nascidas com o vírus, cresceram e puderam ganhar perspectiva de vida longa.

A cura não foi encontrada, mas a medicina chegou a decretar que, devidamente medicado, nenhum portador do vírus morreria de Aids. Iniciou-se uma guerra comercial para que o custoso coquetel pudesse chegar aos mais pobres. O Brasil liderou o movimento e foi o primeiro país a quebrar patentes e distribuir gratuitamente os remédios aos necessitados.

Em relação às vacinas antiaids, não há muito avanço científico. Apesar de haver quase duas décadas de estudos para a confecção de uma substância imunizante, as pesquisas continuam. Ainda é preciso desvendar mecanismos básicos pelos quais o vírus age na célula.

Como se dá o contágio?

O contágio se faz pelo contato com sangue, esperma ou secreção vaginal de uma pessoa contaminada. O leite de uma mulher afetada pode transmitir o vírus, embora esse evento seja raro. Portanto, um bebê pode ser contaminado pela amamentação ou na vida intrauterina, pelo sangue que atravessa a placenta. O vírus foi encontrado na saliva e outras secreções e excreções do corpo (como o suor, a lágrima e a urina), mas não em concentração suficiente para transmitir a doença.

O que se sabe, com certeza, é que a doença pode ser transmitida pela mãe contaminada para seus filhos (durante a gravidez, no parto e, mais raramente, na amamentação); pela transfusão de sangue contaminado; pelo uso de agulha e seringa de injeção por várias pessoas; acupuntura, tatuagem e outros pequenos ferimentos por objetos perfurantes e cortantes que foram usados antes por alguém com o vírus; ou por relações sexuais com uma pessoa infectada.

Assim, os segmentos da população mais expostos à doença são os hemofílicos (que precisam receber transfusões de sangue com frequência) e as pessoas que têm comportamentos de risco, como os viciados em drogas injetáveis (porque costumam partilhar seringas, sem nenhuma preocupação com a higiene) e aqueles que têm vários parceiros sexuais.

Como evitar o contágio?

O período de incubação do vírus, fase em que a pessoa tem o vírus mas não a doença, pode ser superior a cinco anos. Aliás, parece possível que a doença não chegue a se desenvolver nunca, em algumas pessoas que são portadoras do vírus. Mas isso não significa que elas não sejam transmissoras da doença, o que torna o perigo ainda maior, pois quem vê cara não vê Aids: uma pessoa pode estar com a aparência absolutamente saudável e, ainda assim, ser portadora do vírus.

A única garantia seria só aceitar como parceiro sexual quem tiver um exame negativo recente ou uma carteirinha atualizada de doador de sangue de um hospital confiável. Ainda assim, há o risco de a pessoa estar diante do que os especialistas chamam de "janela sorológica", que é o período em que alguém pode estar com o vírus e, ainda assim, apresentar um teste negativo. Isso acontece porque o organismo leva de três a seis meses para fabricar anticorpos em quantidade suficiente para serem detectados no teste.

Então, recomenda-se enfaticamente o uso de camisinhas, que diminuem muito a probabilidade de contágio. O uso correto da camisinha nas relações sexuais é a principal forma de evitar a Aids. Uso correto significa: nunca usar uma camisinha em mais de uma relação sexual; se a camisinha rasgar, trocá-la imediatamente por uma nova; não ter contato com as secreções sexuais ao tirar a camisinha e descartá-la logo após o uso. Se você nunca usou preservativo, é melhor treinar antes.

O vírus da Aids morre se for imerso por trinta minutos em água sanitária, álcool ou água oxigenada. Também não resiste a trinta minutos de fervura em água. Portanto, exija a desinfecção de todo material cortante e perfurante usado para acupuntura e por dentistas, manicures, cabeleireiros e barbeiros. Nunca use uma agulha ou seringa já usadas nem compartilhe esse tipo de material.

Aids não é doença de gay?

Não, não é. Acontece que algumas circunstâncias tornam os homossexuais especialmente expostos à doença.

Em primeiro lugar, as relações anais favorecem o contato entre sangue e esperma, pois o ânus não tem a mesma elasticidade que a vagina, e a penetração anal pode provocar pequenas fissuras, por onde sangue e esperma se encontram. Isso vale também para as relações anais entre heterossexuais: o caso que ilustra o começo deste capítulo, baseado em um episódio real, é um alerta sobre essa possibilidade de contágio entre um homem e uma mulher. Em segundo lugar, são mais raras as relações estáveis entre homossexuais, e uma troca mais frequente de parceiros favorece a disseminação do vírus.

No entanto, os homossexuais, como grupo, responderam rapidamente às campanhas de esclarecimento, o que não aconteceu com os viciados em drogas injetáveis nem com os heterossexuais.

Por que as mulheres têm menor probabilidade de transmitir o vírus?

Para que uma mulher portadora do vírus da Aids transmita a doença para seu parceiro, é preciso que o sangue ou a secreção vaginal dela penetre no corpo dele. Durante o ato sexual isso dificilmente acontece, a menos que tanto ela quanto ele tenham alguma ferida aberta na região genital, pois é muito raro a penetração vaginal provocar escoriações no pênis.

A contaminação de uma mulher por um homem é mais provável, pois o esperma de um homem portador do vírus é uma eficiente fonte de transmissão e basta que a mulher tenha alguma ferida, por menor que seja, para que possa ser contaminada. Portanto, o risco de contaminação aumenta se a relação ocorrer durante a menstruação. Além disso, não é difícil a penetração provocar esfoladuras na vulva.

As mulheres afetadas pela síndrome são transmissoras muito eficientes da doença para seus filhos, pela placenta. E o aumento da Aids em recém-nascidos vem elevando a mortalidade infantil em todo o mundo, inclusive no Brasil.

Mas as pessoas não sabem que precisam se cuidar?
Apesar das amplas campanhas de esclarecimento sobre a forma de transmissão da doença, a Aids continua a se espalhar. Já não cabe mais falar em "grupos de risco" pois, como se viu, a frequência de portadores heterossexuais está aumentando, e as outras formas de transmissão, também. O problema é que, para provocar uma mudança de atitude, não basta divulgar informações. Em geral, as pessoas não se comovem com estatísticas, porque se recusam a acreditar que estão incluídas em dados numéricos. Assim, as informações não mobilizam mudanças de comportamento. É muito difícil promover essas mudanças. Principalmente no misterioso universo da sexualidade, onde nada é simples, tudo é carregado de significados simbólicos.

Há vários complicadores diferentes, nos vários grupos que as campanhas de esclarecimento deveriam atingir. A onipotência dos jovens se junta à indiferença dos viciados em drogas e à hipocrisia dos casais ditos monogâmicos, para ampliar cada vez mais essa ciranda da morte.

Eu confio completamente em meu(minha) namorado(a). Preciso usar camisinha mesmo assim?
Conversa fiada. Ninguém sabe nem de si, quanto mais dos outros! É verdade que a probabilidade de contaminação aumenta com o número de parceiros, mas um único parceiro afetado é suficiente para transmitir a doença. Então, para não correr riscos, para "saber com quem anda", não basta ter certeza de que a pessoa é direita, ou honesta ou "limpinha". Seria preciso conhecer não só a vida sexual dela, mas de todos os parceiros, eventuais ou fixos, que ela teve nos últimos dez anos. Quem pode garantir essas informações?

Nesse assunto, não vale a pena bancar o valente. Não há vergonha nenhuma em ter medo da Aids e querer se cuidar. Também não tem o menor sentido preocupar-se em não ferir os melindres da parceira, usando camisinha (ou do parceiro, exigindo que ele use). Quem se sentir ofendido em seus brios diante dessa exigência está apenas provando que não merece confiança: ou está desinformado ou não sabe se cuidar.

Em qualquer dessas hipóteses, fuja! Não se deixe intimidar por frases de grande efeito moral, mas de consequências devastadoras para a saúde, como: "Mas quem você pensa que eu sou?", "Não sou dessas, comigo você pode ficar sossegado!", "Só transo por amor!". Prova de amor, por si e pelo outro, é manter o pacto com a vida — e a camisinha é a grande aliada nesse pacto.

E se eu só tiver um(a) parceiro(a)?

Outra fonte transmissora difícil de ser atacada é a pretensa monogamia dos casais estáveis. É difícil imaginar um namorado amoroso e teoricamente fiel explicando para sua namorada, ao voltar de um torneio esportivo intercolegial, que de agora em diante seria prudente que eles passassem a usar camisinha. Não há como introduzir essa mudança de atitude sem confessar a transa ("sem importância absolutamente nenhuma") que teve com uma garota durante a competição, no calor da alegria porque sua equipe ganhou o campeonato... E a hipocrisia pode ser fatal.

Isso para não falar de episódios ainda mais difíceis de explicar, como aquela balada em que a garota foi parar "nem sei como, quando dei por mim estava lá, completamente zonza, com um bando de gente estranha em volta. Todo mundo nu, tinha umas seringas pelo chão, não me lembro de nada". Não se lembrar de nada pode atenuar culpas, mas a memória não é pré-requisito para a contaminação pelo vírus. O episódio pode ter sido esquecido, mas o vírus não se esquecerá de atacar o desmemoriado.

A paixão é cega?

É, e pode acometer as pessoas mais sensatas e experientes, tornando-as absolutamente irracionais. Muitos casos dramáticos de contaminação aconteceram em encontros com um parceiro quase desconhecido, em quem se acreditou reconhecer, à primeira vista, o homem de sua vida ou a mulher de seus sonhos. Como envenenar um momento tão sublime com a proposta — mesquinha, covarde — de usar camisinha? Algum tempo depois, o sonho se revela pesadelo, o momento de vida se transforma em angústia da morte.

Quais são os sintomas da Aids?

Os sintomas iniciais da Aids são os mesmos que aparecem em muitas outras doenças: excessiva e rápida perda de peso, gânglios, diarreias teimosas, manchas esbranquiçadas nas gengivas ou na parte interna das bochechas. À medida que o corpo perde resistência, a pessoa com Aids fica vulnerável a todo tipo de infecção (as chamadas infecções oportunistas) que acabam por matá-la. As mais frequentes são: pneumonia, tuberculose, meningite e alguns tipos de câncer.

De que adianta fazer o diagnóstico da Aids, se a doença não tem cura?

Algumas pessoas que temem ser portadoras do vírus se recusam a fazer o teste, com a alegação de que não adianta descobrir que estão contaminadas se não há nada a fazer. Isso é bobagem. É verdade que ainda não existe um remédio que cure a Aids, mas já foram desenvolvidos recursos eficientes que aumentam a resistência e controlam muitas das infecções oportunistas. Com isso, o tempo e a qualidade de sobrevida dos doentes têm melhorado muito. No entanto, essas armas da medicina são tão mais eficientes quanto mais cedo for feito o diagnóstico, que também é importante para evitar o contágio de outras pessoas.

Se eu chegar perto dessa gente, vou ser contaminado(a)?

Não se pega a doença convivendo com pessoas que têm o vírus. Não se pega a doença nem sequer convivendo com quem está doente. O isolamento hospitalar imposto aos doentes, em certas fases da doença, tem o objetivo de proteger o doente do contato com micróbios patológicos, com os quais uma pessoa saudável convive tranquilamente. Assim, a proibição de receber visitas não visa à proteção dos visitantes, mas do doente, pois o seu organismo, debilitado pela Aids e sem defesas imunológicas, pode não resistir a uma simples gripe.

Nunca é demais lembrar que o aperto de mão, o abraço, o afago não transmitem a Aids.

De todos os sintomas da Aids, o mais doloroso é a solidão, a dificuldade de partilhar com outros os medos e angústias que uma condenação à morte mobiliza. O doente, isolado em seu sofrimento, sente-se sepultado antes de estar morto. Castigar um ser humano com essa condenação é uma crueldade.

A compreensão e o afeto não podem curar a Aids, mas podem ajudar muito a mitigar o sofrimento de quem está doente. E até mesmo prolongar sua vida.

Crianças e adolescentes com Aids podem frequentar escolas sem risco de contaminar os colegas?

As situações que favorecem o contágio da doença não fazem parte da rotina de uma escola. Mesmo que uma criança portadora do vírus da Aids viesse a se ferir num acidente no recreio e sangrasse copiosamente, esse sangue só seria perigoso para outra pessoa se esta tivesse um ferimento aberto que entrasse em contato com o sangue contaminado — o que é pouco provável. Uma mordida de uma criança contaminada só traria risco se houvesse algum sangramento em sua boca, e se a mordida fosse suficientemente profunda para romper a pele da outra criança. Usar a roupa de uma criança afetada, partilhar de seu lanche ou enxugar suas lágrimas não colocam em risco a saúde de nenhum de seus colegas.

O que a escola tem a ver com isso?

A escola não pode deixar fora de seus limites as questões da Vida e da Morte. A situação de ter um aluno com esse drama dá aos professores uma oportunidade ímpar para transmitir valores fundamentais. Os colegas de uma criança com Aids podem aprender a ser leais e solidários, e a cuidar de quem está mais fraco e vulnerável. A humanidade teria muito a ganhar se o mundo fosse habitado por adultos que puderam viver, na juventude, situações que os levaram a desenvolver esses valores.

Não se pega Aids

- ✕ Por picadas de insetos.
- ✕ Pelo uso de sanitários.
- ✕ Nadando em piscinas.
- ✕ Visitando doentes em hospitais.
- ✕ Convivendo com doentes no meio de trabalho.
- ✕ Andando em transporte público.
- ✕ Usando talheres.
- ✕ Nos contatos sociais com doentes.
- ✕ No beijo, no abraço, no aperto de mão.
- ✕ No convívio escolar.

A Aids é a única?

O vírus do papiloma humano, conhecido por HPV, sigla em inglês, tem como manifestação pequenas verrugas na área genital, os papilomas. Desde o início do século XX, sabe-se que a doença é provocada por um vírus e, na década de 1970, ficou evidente que a transmissão do HPV ocorre por contato sexual. É alta a relação entre a infecção pelo HPV e o câncer do colo do útero e do pênis. Há indicações de que, por meio do sexo oral, o HPV pode estar ligado a casos de câncer da boca e da faringe. Em 2006 foram desenvolvidas vacinas contra alguns subtipos de HPV, agora disponíveis para aplicação. Como a infecção não apresenta características claras, é importante fazer exames médicos regularmente, para rastrear possíveis sinais que passam despercebidos. Se as mulheres da nova geração forem vacinadas, poderemos diminuir em mais de 70% o número total de casos de câncer do colo do útero nos próximos 20 anos. Mas as vacinas só são eficientes se tomadas antes de a infecção se instalar.

9. Dificuldades da COMUNICAÇÃO AMOROSA: o idioma da família

Fernanda chega da escola com um ar tristonho, o semblante carregado. A mãe percebe imediatamente que algo não estava bem e se aproximou da menina:

— Tudo bem, minha filha? Como foi seu dia na escola?

— Foi bom. Quer dizer, mais ou menos.

— Como assim, "mais ou menos"? O que houve? Estou vendo que você não está feliz! Conte pra sua mãe o que aconteceu.

— Sabe, mamãe, foi aquele chato do Beto, que...

E por aí segue Fernanda, narrando tim-tim por tim-tim tudo o que o Beto disse e o que ela respondeu. E sua mãe ouve, interrompendo de vez em quando para ajudar a menina a entender melhor o que está sentindo. A conversa termina muito depois, com um copo de leite e um pedaço de bolo — que podem estragar o apetite para o jantar, mas aquecem um coraçãozinho aflito. Pedro chega em casa com o olhar triste, com aquele ar de preocupação. Sua mãe quer ajudá-lo:

— Tudo bem na escola hoje, meu filho?

— Tudo normal.

— Você parece um pouco cansado, aconteceu alguma coisa?

— Não, mãe. Nada de especial. Está tudo bem.

— Então vá tomar um banho que eu te chamo quando o jantar estiver na mesa.

E Pedro fica sossegado em seu quarto, ruminando o que lhe aconteceu, até se sentir melhor. Quando se senta à mesa para jantar, a conversa corre normalmente, sem que ninguém o moleste com perguntas pessoais e constrangedoras.

Desde pequenos, enquanto ouvíamos histórias de princesas e heróis, começamos a imaginar o parceiro que um dia viria, trazendo nas mãos as chaves do Reino da Felicidade. Passamos anos inventando e reinventando a pessoa amada, conforme nosso desejo e a necessidade de cada fase. Assim, quando somos meninas, ele é o belo Príncipe Felipe, que corre mundo protegido por seres encantados e objetos mágicos. Nessa mesma fase, o menino se prepara para o confronto com as "forças do mal", sem nem pensar na frágil e meiga princesa que espera por ele. Quando chegamos à adolescência, o amado assume a figura do herói que virá libertar a donzela das garras do dragão que guarda a soturna entrada da caverna, onde ela está encerrada pela tirania dos pais.

Não pensem que esse processo de idealização termina na maturidade. Mesmo depois de adultos, continuamos incapazes de enxergar a pessoa real que está ao nosso lado e persistimos em inventar parceiros imaginários, cujas qualidades têm a forma e a medida do que nos falta: liberdade, poder, juventude.

Existe amor à primeira vista?

É para encontrar essa personagem da nossa fantasia que nos preparamos, é para esse encontro que inventamos oferendas de amor. Assim, quando o Amado ou a Amada chega, nós o reconhecemos imediatamente: feitos um para o outro. Não se trata de amor à primeira vista. Não existe "primeira vista", pois, quando deparamos com essa pessoa, ao vivo e em cores, nós já a tínhamos visto inúmeras vezes, em suas diferentes encarnações, em nossos sonhos, nos livros que lemos, nos filmes que nos comoveram.

Como não reconhecer e não amar esse olhar que, como um espelho mágico, nos devolve exatamente a imagem que adoraríamos ter, e nos enxerga como gostaríamos de ser?

Uma das mais fiéis traduções da frase "Eu te amo" é "Amo a imagem que você faz de mim, amo a maneira como seus olhos me veem". "Gosto de você" significa, acima de tudo, "Gosto de como sou quando estou com você". Em qualquer idade, do recém-nascido a Matusalém.

A menina se apaixona pelo pai, o menino quer se casar com a mãe?

Não é bem assim. A psicanálise virou moda, seu vocabulário se misturou às conversas de todo dia, seus temas apareceram até em novela de televisão. Em qualquer roda de conversa, fala-se de neuroses, complexos e édipos, quer o assunto seja o preço da cebola, quer seja a queda das ações ou a moda do próximo verão. Como se o inconsciente fosse corriqueiro, despojado de mistérios.

Tudo besteira. Experimente perguntar para alguém que está usando esses termos o que, exatamente, ele quer dizer. Você vai ver que, na maioria das vezes, ele não está dizendo o que quer ou não está querendo dizer nada — está só macaqueando, jogando conversa fora.

O significado dessas expressões é mais complexo do que o uso banal dessa linguagem faz pensar. Freud, ao criar a psicanálise no início do século XX, desvelou o inconsciente, uma instância da nossa vida mental que tem uma dinâmica e uma linguagem próprias. A tentativa de tornar triviais os fenômenos inconscientes não os deixa menos misteriosos, mas esconde o significado simbólico que os caracteriza.

Como se aprende a amar?

Nosso modelo de amor deriva dos relacionamentos afetivos que conhecemos nos primeiros tempos de vida. Há uma linguagem sutil, cheia de meios-tons, que vai impregnando todo o relacionamento da mãe com seu bebê: como ela o pega e acaricia, que tom de voz usa para se comunicar com ele, para onde dirige o olhar quando o limpa, veste, desveste.

É por meio desses sinais que a criança aprende o que é amar, o que significa ser amada. Ela estabelece internamente um código da linguagem do afeto, como se montasse um glossário, no qual o amor é definido como aquilo que os pais sentem por ela — e os sinais que expressam essa emoção são os que ela recebe dos pais.

Embora muitos desses sinais sejam determinados pela cultura e, portanto, compartilhados por todo um grupo de indivíduos, alguns são específicos de cada família e são tão pessoais e característicos como o sotaque que, ao mesmo tempo que denuncia uma origem geográfica, é diferente de um imigrante para outro.

Quando se diz que uma menina vai buscar, quando adulta, um parceiro que é o reflexo da sua imagem paterna, isso não quer dizer que ela tende a se apaixonar por um homem careca e de bigodes, se o pai dela é assim. Significa que, para ser escolhido como parceiro, um homem deverá ter um código compatível com o que ela conheceu em sua infância e emitir sinais de afeto nos quais ela reconheça a linguagem do amor que aprendeu com seus pais.

Mas essa dinâmica é inconsciente, inatingível. Traduzir esse processo para a linguagem cotidiana é tarefa que leva anos de um trabalho altamente especializado, para analisar sonhos, lapsos e dissonâncias. Não se faz em papo de salão, por mais brilhante e íntimo que seja o interlocutor.

// O amor percorre estranhos caminhos

Fernanda, a personagem que abre este capítulo, por exemplo, estava acostumada a encontrar a mãe à sua espera quando voltava da escola. As pessoas de sua família falam abertamente sobre o que sentem e acreditam que a intimidade se tece a partir desses momentos de encontro, quando as emoções são expressas, compreendidas, partilhadas. Em sua infância, na casa de seus pais, o afeto se traduzia em uma preocupação com os sentimentos, um cuidado em entender o que se passava com o outro e um carinho para mitigar suas aflições. É o que pode ser percebido no diálogo que abre este capítulo.

Na casa de Pedro, os afetos percorriam caminhos diferentes. Lá, o valor maior estava em respeitar a individualidade do outro, em não invadir seus sentimentos, para que as pessoas da família se sentissem independentes e livres para expressar emoções quando e como achassem melhor.

Isso não significa que Fernanda fosse mais amada do que Pedro nem que a mãe de Pedro seja uma pessoa indiferente às emoções de seu filho. Significa apenas que as duas famílias têm diferentes códigos para a linguagem do amor.

A história se complica quando esses dois personagens, com bagagens tão díspares, se casam (como, aliás, costuma acontecer). Imagine a cena que se desenrola quando Pedro chega em casa, depois de um dia de trabalho especialmente tenso.

Fernanda: — Oi, tudo bem?
Pedro: — Tudo bem.
Fernanda (desconfiada): — Tudo bem mesmo? Você não está com cara de tudo bem...
Pedro (constrangido): — Não há nada de errado comigo, já disse que está tudo bem!
Fernanda (aflita): — Alguma coisa deve ter havido, para você estar assim estranho!
Pedro (irritado): — Não houve nada! Não estou estranho, só estou cansado, quero ficar um pouco sossegado no quarto, não se preocupe.
Fernanda (solícita, chorosa): — Quer que eu prepare um refresco pra você? Quer que eu vá buscar seus chinelos? Quer...
Pedro (aos berros): — Para com isso! Não quero nada! Me deixa em paz!

Dá para entender por que os dois se sentem desamados e incompreendidos? Não é fácil adivinhar o que faz que ambos fiquem infelizes, sem entender o que está acontecendo? Afinal, cada um está

Dificuldades da comunicação amorosa: o idioma da família • **89**

se comportando exatamente como aprendeu em casa, oferecendo ao outro o mesmo alimento que recebeu na infância — e do qual se nutriu. Mas quem faz um gesto lhe atribui um significado que nem sempre coincide com a maneira como esse mesmo gesto é entendido por quem o recebe. Essas diferenças já existiam antes do casamento. Será possível que esses dois não se tinham dado conta de que eram tão diferentes um do outro?

O problema é que não gostamos que nossas criações sejam alteradas. Inventamos o parceiro durante tanto tempo, com tanto carinho e empenho, que nos recusamos a admitir que ele não é exatamente aquele que esperávamos. E, como nosso parceiro foi inventado com os elementos do código de nossa família (para que a relação funcionasse do jeito que conhecíamos), qualquer manifestação de diferença é ameaçadora. Porém, o outro traz sua própria bagagem, usa o vocabulário de sua família.

Infelizmente, o parceiro não vem com uma bula pendurada no umbigo, onde a gente pode ler o código no qual ele esteve imerso durante a infância. Tudo seria mais fácil se houvesse uma espécie de manual de instruções, explicando o significado de cada gesto, as indicações e contraindicações, os efeitos colaterais, etc. Como não existe nada desse tipo, é preciso conhecer o outro correndo os riscos inerentes à relação afetiva: desencontros, mágoas, ressentimentos.

Se as diferenças dos códigos forem entendidas simplesmente como diferenças — e não como sinais de inferioridade ou provas de desamor —, o vínculo afetivo terá mais chance. Mas, como somos inseguros quanto ao afeto, basta que o outro não se comporte como esperamos para se instalar a desconfiança de que já não somos amados.

Nas lidas do cotidiano, não há lugar para princesas e heróis — que não se prestam a uma relação amorosa real. Só é capaz de amar quem é frágil e vulnerável o bastante para abrir espaço para o outro, com toda a bagagem que ele traz. E só pode receber amor quem consegue reconhecer que tem falhas e carências — e é portanto capaz de tolerar as imperfeições do parceiro.

Para o encontro amoroso verdadeiro, é preciso que haja duas pessoas, diferentes e discriminadas. Humanas e incompletas, por isso expulsas do Paraíso, vulgarmente representado pelo castelo de nossa infância.

As possibilidades de ensaiar a escolha de um parceiro amoroso receberam diferentes denominações e formatos conforme a época e a cultura: chamava-se "flerte" quando consistia apenas de olhares e sorrisos trocados a distância; depois "paquera", quando já permitia algum contato físico; hoje o nome é "ficar", que vem antes do "rolo".

A aproximação física envolvida em cada uma dessas denominações é, ao longo do tempo, cada vez maior, atualmente limitada apenas pela timidez e pelo recato de cada um, mas permanece a função original de servir de ensaio para a vida amorosa. Embora o objetivo do "ficar" seja o mesmo para meninos e meninas, as expectativas, explícitas ou não, são diferentes: em geral, os meninos estão interessados em ficar com o maior número de meninas, mas elas ainda têm esperanças de telefonemas no dia seguinte.

Apesar de todos os progressos no sentido de que homens e mulheres recebam o mesmo tratamento, as meninas ainda temem o apelido de "galinha", se ficarem com mais do que um número não especificado de garotos numa mesma balada, enquanto muitos meninos se vangloriam do mesmo feito e até exageram para fazer bonito com os amigos.

Conheça a palavra
DO POETA
Fernando Pessoa

Eros e Psique
Fernando Pessoa

Conta a lenda que dormia
Uma Princesa encantada
A quem só despertaria
Um Infante, que viria
De além do muro da estrada.

Ele tinha que, tentado,
Vencer o mal e o bem,
Antes que, já libertado,
Deixasse o caminho errado
Por o que à Princesa vem.

A Princesa Adormecida,
Se espera, dormindo espera.
Sonha em morte a sua vida,
E orna-lhe a fronte esquecida,
Verde, uma grinalda de hera.

Longe o Infante, esforçado,
Sem saber que intuito tem,
Rompe o caminho fadado.
Ele dela é ignorado.
Ela para ele é ninguém.

Mas cada um cumpre o Destino –
Ela dormindo encantada,
Ele buscando-a sem tino
Pelo processo divino
Que faz existir a estrada.

E, se bem que seja obscuro
Tudo pela estrada fora,
E falso, ele vem seguro,
E, vencendo estrada e muro,
Chega onde em sono ela mora.

E, inda tonto do que houvera,
À cabeça, em maresia,
Ergue a mão, e encontra hera,
E vê que ele mesmo era
A Princesa que dormia.

10. As armadilhas do AMOR

É espantoso como o amor se repete. Mas o fato de os enredos serem conhecidos, quase previsíveis, não faz que sejamos capazes de evitá-los: continuamos a cair em suas ciladas. Como nos antigos filmes de Carlitos: aquela armadilha está sempre no mesmo lugar desde as primeiras cenas do filme, mas a personagem invariavelmente cai nela toda vez que passa por ali, por mais que a situação se repita.

Pois é exatamente o que acontece conosco quando se trata da relação amorosa. As ciladas assumem diferentes formas, e vamos descrever algumas das mais típicas. Não com a pretensão de ensinar como evitá-las (já que isso é impossível); mas para que você possa reconhecê-las e sair delas mais depressa. E se console ao saber que isso não acontece só com quem é jovem e inexperiente. É assim com todo mundo. Não há diploma de pós-graduação nem quilometragem de experiência de vida que nos permita andar com segurança sobre as areias movediças que recobrem o chão do universo do amor.

O amor é cego

Cego, teimoso e orgulhoso. Ninguém consegue vencer a barreira que o apaixonado levanta para defender a imagem do objeto de sua paixão. Não há mãe, melhor amiga ou amigo que não conheça a aflição de tentar abrir os olhos de quem não quer (ou não pode) enxergar. "Ninguém o conhece como eu!"; "Você não sabe do que está falando"; "Não é nada disso!" são algumas respostas típicas da pessoa apaixonada às advertências bem--intencionadas dos amigos.

E não adianta apontar fatos concretos, provas objetivas de insensibilidade ou de falta de caráter; quem está apaixonado encontra desculpas para tudo. Seu amado não arranja trabalho, não para em nenhum emprego? Não é nada disso: o mundo está excessivamente materialista, o amado só tem interesses espirituais, os patrões são uns chatos. Foi pego colando na prova? É que a madrinha tinha ido para o hospital, e ele tinha passado a noite ao lado dela, coitado. O professor deveria ser mais compreensivo.

É inútil insistir. Ninguém consegue ultrapassar essa muralha.

"Adivinho seus desejos, sei o que ele quer"

Um dos exemplos mais pungentes dessa armadilha é "Um conto de Natal", escrito pelo escritor norte-americano O'Henry. É a história de um jovem casal, muito apaixonado e muito pobre. O único objeto de valor que o rapaz possuía era um belo relógio de ouro, herança de seu avô — que ele não podia usar, pois a pulseira há anos se tinha esgarçado nas garras do tempo. A garota não tinha nada de valioso — a não ser uma longa e abundante cabeleira que muito a envaidecia, mas que também a atrapalhava um bocado, pois ela nunca conseguira encontrar uma fivela ao mesmo tempo forte, bonita e barata, para prender os cabelos rebeldes, que estavam sempre caindo sobre o rosto, tapando sua visão.

Naquele Natal, sem dinheiro para comprar presentes, cada um resolveu surpreender o outro, dando ao amado aquilo que — tinha certeza — era o objeto que o outro mais cobiçava. Assim, para comprar uma pulseira de ouro para o relógio dele, ela cortou os cabelos bem curtinhos e vendeu sua preciosa cabeleira a um fabricante de perucas. Ao mesmo tempo que ele vendia seu relógio para, com o dinheiro obtido, comprar uma caríssima fivela de tartaruga para prender e enfeitar os cabelos de sua amada.

Feliz Natal? O que atrapalhou esse casal tão bem-intencionado? Como é que não conseguiram transformar uma ideia amorosa em alegria?

O problema deles foi que não puderam escapar da típica armadilha de querer adivinhar os pensamentos do outro e esquecer que o amado tem vida própria, que ele é capaz de tomar decisões de que o parceiro nem suspeita. Vender relógios e cortar cabelos não são nem de longe as mais surpreendentes.

O amor tudo vence

Muitas vezes, o que torna alguém atraente é justamente aquilo que ele traz de diferente e novo em relação ao universo familiar conhecido. É por isso que uma garota preocupada com os problemas sociais e ecológicos pode se apaixonar perdidamente pelo capitão do time de basquete, que calha de ser o sujeito mais alienado da escola. Ou o intelectual que engajado, sócio de cineclubes e frequentador de teatro de vanguarda, se enamora justamente de uma jovem caipira que mal sabe assinar o nome, que nunca foi a um cinema.

Não há nada de mal em se apaixonar pelo diferente. Às vezes, esse é um bom caminho para vivermos aspectos menos desenvolvidos de nossa personalidade: por meio do namorado alienado, a militante de carteirinha exercita seu lado mais leve e descompromissado; e a mocinha sem cultura pode ajudar o intelectual a desenvolver seu lado menos sofisticado, mais pé no chão. Diferença não significa inferioridade, e bagagens desiguais podem enriquecer a convivência e tornar a vida interessante.

A armadilha não está em se apaixonar por alguém muito diferente, mas no que se esconde por trás dessas escolhas: a certeza secreta de que o amor será capaz, não de acolher, mas de eliminar as diferenças. É aí que uma história de amor corre o risco de virar um contínuo desafio, uma permanente queda de braço para decidir quem vai ceder, quem vai ter força suficiente para transformar o parceiro, refazendo-o à sua imagem e semelhança. O pior é que todo mundo se esquece de que tinha se encantado justamente pelo que o outro tinha de diferente.

O espelho mágico

Existem pessoas que só conseguem se apaixonar pelo olhar de admiração que provocam no parceiro. Então, para garantir a devoção do outro, escolhem companheiros desamparados, que parecem não ter capacidade de sobreviver sozinhos. Cuidar do outro e protegê-lo em certas situações são atitudes que fazem parte do vínculo amoroso. A admiração e a gratidão, por sua vez, também são componentes importantes do amor. Mas o amor não pode se reduzir a uma única faceta, e os parceiros precisam, em momentos diferentes, viver os dois polos desse enredo. Ninguém é sábio em todos os assuntos, ninguém é desprotegido em todas as situações. Se um dos parceiros sempre se apresentar como frágil e indefeso, e o outro sempre como herói, o amor não tem muita chance. Essa armadilha aprisiona tanto o salvador quanto a vítima numa paralisia que impede o crescimento de ambos.

O sétimo quarto do Barba Azul

A alma humana é (pelo menos) dupla. Ao mesmo tempo que precisamos nos sentir acompanhados e amparados pelo outro, existe dentro de nós outro lado que clama pela liberdade e pelo isolamento. Quanto mais atendido estiver um dos lados, mais o outro crescerá na sombra e exigirá seu lugar ao sol. Essas duas tendências conflitam dentro de nós, criando situações de ambivalência e angústia nas relações amorosas.

Barba Azul era um homem encantador, embora cercado de mistério. Bonito, atencioso, rico, não teve dificuldades para conquistar o coração de sua amada. Viveram ambos felizes em seu castelo por muito tempo, até que ele precisou viajar a negócios. Na despedida, muitas recomendações, muita tristeza e uma proibição categórica: todo o castelo estaria à disposição dela, toda a criadagem ficaria sob suas ordens, mas a moça não deveria, em hipótese nenhuma, abrir a sétima porta do último corredor da última ala — cuja minúscula chave de ouro Barba Azul lhe confiava (!) naquele momento.

Transtornada pela repentina partida do homem amado, ela não questionou a restrição inesperada: aceitou a proibição e a chave, sem se dar conta de que essas duas coisas, juntas, só poderiam trazer encrenca.

Passaram-se os dias, e a prolongada separação, ao mesmo tempo que aumentava a saudade, gerava descontentamento e inquietação. A moça começou a refletir sobre a promessa feita sob a emoção da despedida e já não lhe parecia tão fácil mantê-la, quando seria tão fácil quebrá-la, tendo a chave nas mãos. Espicaçada pela curiosidade, resolveu entreabrir a porta proibida para dar só uma olhadinha.

Surpresa e horror! Ela depara com os cadáveres decapitados de seis jovens mulheres, que identifica como as ex-esposas de seu amado. Desesperada, volta a trancar o quarto sinistro, quando ouve rumores que indicam que Barba Azul está de volta. Disposta a esconder sua transgressão enquanto elabora um plano de fuga, descobre, horrorizada, que a pequena chave de ouro ostenta agora uma indelével mancha de sangue, prova de sua culpa, testemunho que lhe trará a condenação à morte. Como, sem dúvida, acontecera com suas antecessoras.

Não importa o final da história, que tem diferentes versões. O que nos interessa já está aí: por maior que seja a intimidade de um casal, existe sempre, em alguma instância, um quarto fechado, que não deve ser aberto. Há vivências que não podemos (nem queremos) partilhar com o parceiro. Mas, em relações muito estreitas, é difícil admitir isso.

Daí as mensagens ambíguas, as meias informações que velam e desvelam o segredo, a pequena chave de ouro que Barba Azul não pode levar consigo, mas que a parceira está proibida de usar.

O mito da transparência está muito em voga, hoje em dia, mas é impraticável. Pois se não somos transparentes nem a nós mesmos! Quantas vezes nos surpreendemos ao descobrir nossos próprios engodos, as armadilhas que nosso inconsciente nos prepara? Se nossas motivações verdadeiras são secretas até mesmo para nós, como nos atrevemos a prometer partilhá-las com outra pessoa? No máximo, podemos nos comprometer com a lealdade, com a coragem de correr riscos, com a ternura em acolher as fraquezas do outro. E assim mesmo...

"Só vou se você for..."

Você certamente deve conhecer colegas que somem de circulação quando começam a namorar. Não aceitam convites para nada, deixam de praticar qualquer esporte ao qual muito se dedicavam antes, nunca mais fazem programas com os amigos. São sintomas muito claros: o casal está sofrendo da síndrome do juntismo. Um não dá um passo sem o outro.

Os parceiros funcionam como se fossem uma só pessoa, como partes de um único organismo, não como dois indivíduos que têm vidas independentes.

Por trás dessa atitude está o medo do rompimento, a fantasia de que qualquer separação, por mais curta que seja, signifique o final da relação. Em sua insegurança, o casal se fecha para o mundo e não admite que nada interfira com o vínculo.

Os parceiros vivem apenas um para o outro e acreditam que se bastam, que não precisam de mais nada nem de mais ninguém. Com isso, tornam-se pessoas desinteressantes e desinteressadas, muito diferentes das que deram origem à atração mútua.

Não se dão conta de que esse comportamento condena a relação à morte. Um amor que se fecha para o mundo fica impossibilitado de receber alimento, fica sufocado, não tem como nem para onde crescer. Os parceiros vão se confundindo um com o outro, já que há cada vez menos elementos que os diferenciam: obrigam-se a ler os mesmos livros, assistir aos mesmos filmes, gostar das mesmas comidas.

Essa atitude tem o efeito oposto ao que os amantes pretendem. Não se pode exigir garantias do que é, por natureza, imprevisível e arriscado. Não se pode congelar o amor.

Quem disse que o amor é fácil?

Para se aproximar do outro, para estabelecer com ele uma intimidade verdadeira, é preciso correr riscos. Não se ama sem abrir mão do escudo das convenções, sem se desfazer das máscaras estereotipadas com que a sociedade nos veste: é preciso apresentar-se desnudado e frágil. Enfrentar as armadilhas do amor é inevitável. Mas passar por elas pode ser enriquecedor se você se deixar contaminar pela bagagem do outro. Para que possa emergir desse encontro lambuzado e colorido pelo universo do parceiro, que se desvendou.

É preciso coragem para se saber amante e amado — sabendo que se corre o risco de ficar só.

SAIDEIRA

Escrever um livro é um processo parecido com o da gestação, terminá-lo lembra o momento do parto. O que acontecerá com este fruto que gerei, depois que ele sair das entranhas do meu computador?

Em cada página deste livro, percebe-se que ele foi escrito por uma mulher. Será que isto faz que ele seja um livro especialmente dirigido aos homens? Apesar de nunca ter negado que o fato de ser mulher influencia minha maneira de ver o mundo, percebo agora, relendo o caminho percorrido, que essa influência é mais importante do que eu acreditava.

Eu já tinha percebido isso quando, por exemplo, me pareceu mais fácil conversar de intimidades com uma operária tecelã aposentada, de 76 anos, que eu acabara de encontrar num Clube de Mães na periferia de São Paulo, do que ter uma conversa desse tipo com meu colega, também professor e da mesma idade que eu.

Que coisa é essa que nos faz irmãs?

Há de ser, em parte, culpa desta cultura, que nos quer, homens e mulheres, tão desiguais. Tenho muita pena de minhas companheiras de viagem por esse mundo, que têm de funcionar como verdadeiras caixas de ressonância afetiva, para expressar as emoções que seus parceiros estão proibidos de exprimir. Tenho uma enorme ternura pelo desajeitado macho da espécie, tantas vezes obrigado a esconder sua fragilidade debaixo da longa capa vermelha de Super-Homem.

Tão difícil, tão improvável esse encontro. Tão impensável a vida sem isso.

E, no entanto, somos tão parecidos. Navegantes do mesmo momento histórico do planeta azul, corremos juntos o risco de explodir pelos ares. Juntos, poderemos nos afogar no mar de detritos em que a poluição vai transformando o mundo. Partilhamos das mesmas ansiedades: o medo da morte, do abandono, da solidão. E comungamos da mesma esperança de um mundo melhor, onde o amor possa crescer sem medo, e o compromisso maior seja com a ternura.

Há tantas coisas a nos fazer irmãos!

E nós, que íamos nos conhecer por meio desta conversa, teremos tido um encontro verdadeiro?

Estou me sentindo um pouco como essas visitas que vão espichando o assunto, já fim de noite, todos cansados e com sono, e elas não conseguem ir embora. Mais um cafezinho, mais um licorzinho, e já vou indo.

Queria que ficássemos aqui, quietos, só mais um pouco. Olhando as brasas na lareira, até que o fogo se apague.

Sem dizer nada, que no silêncio também a gente pode se encontrar.

Esta obra foi composta nas fontes Sabon, Helvetica
e Calcite Pro, sobre papel Offset 90g/m²,
para a Editora Ática.